公元787年，唐封疆大吏马总集诸子精华，编著成《意林》一书6卷，流传至今
意林：始于公元787年，距今1200余年

意林®轻文库

青春最美，梦想出发
中国式好看轻小说优鲜品牌

意林轻文库

恋之水晶系列 030

绯色樱花圆梦纪 II

Feise Yinghua Yuanmeng Ji

易浅浅 著

YI QIANQIAN WORKS

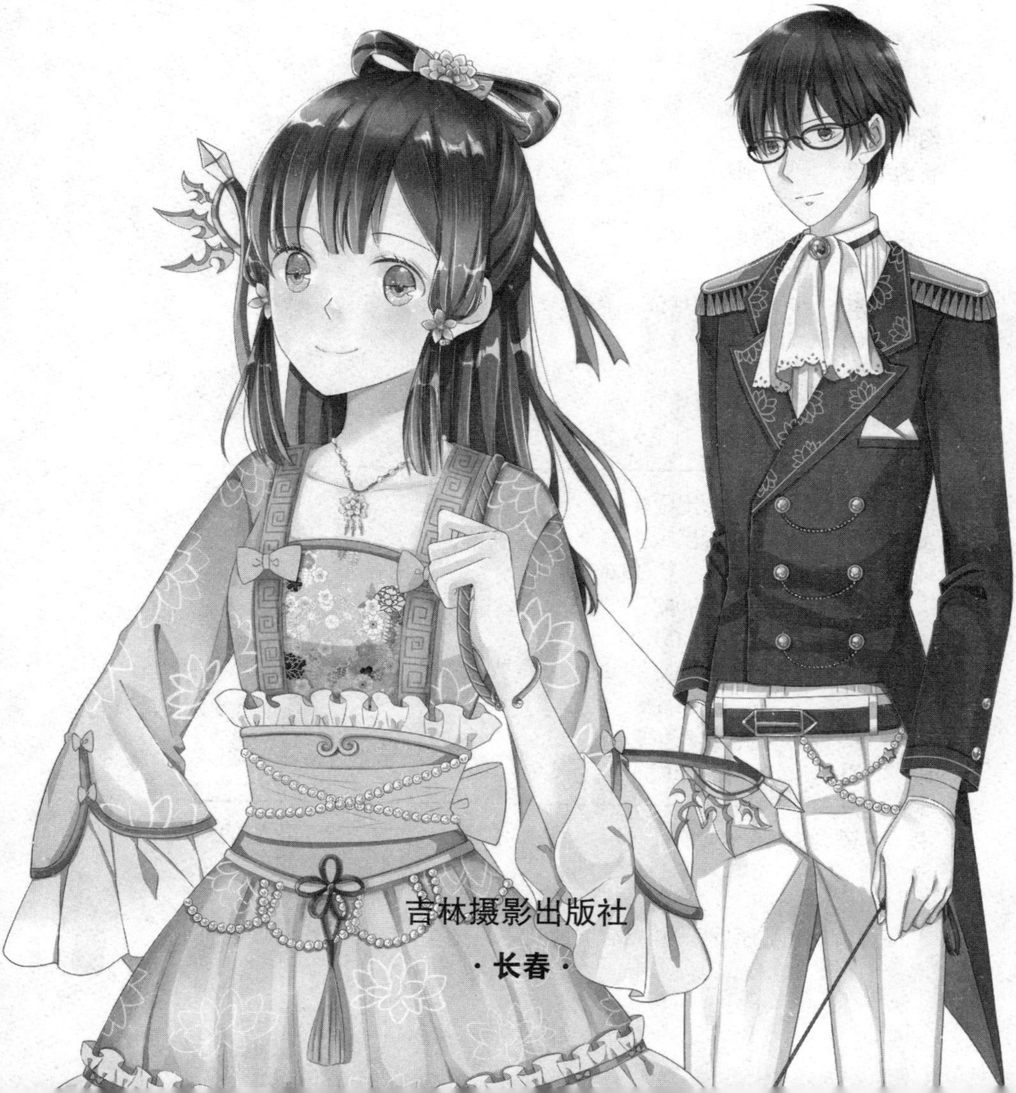

吉林摄影出版社

·长春·

图书在版编目（CIP）数据

绯色樱花圆梦纪．Ⅱ / 易浅浅著．-- 长春：吉林摄影出版社，2017.9
（意林·轻文库．恋之水晶系列）
ISBN 978-7-5498-3353-5

Ⅰ.①绯… Ⅱ.①易… Ⅲ.①长篇小说－中国－当代 Ⅳ.①I247.5

中国版本图书馆 CIP 数据核字 (2017) 第 236687 号

绯色樱花圆梦纪 ⑪
Feise Yinghua Yuanmeng Ji ⑪

著　　者	易浅浅
出 版 人	孙洪军
总 策 划	安　雅　张　星
责任编辑	施　岚　胡晓路
图书统筹	糯米兔
特约编辑	宁　阳
绘　　图	Tendy
书籍装帧	胡静梅
美术编辑	刘　静
开　　本	700mm×1000mm　1/16
字　　数	260 千字
印　　张	12
版　　次	2017 年 9 月第 1 版
印　　次	2017 年 9 月第 1 次印刷
出　　版	吉林摄影出版社
发　　行	吉林摄影出版社
地　　址	长春市泰来街 1825 号 邮编：130062
电　　话	总编办：0431-86012616 发行科：0431-86012602
网　　址	www.jlsycbs.net
经　　销	全国各地新华书店
印　　刷	北京嘉业印刷厂
书　　号	ISBN 978-7-5498-3353-5　　　　定价：23.80 元

版权所有　侵权必究

如发现印装质量问题，请与印务部联系退换，电话：010-51908584

- 001 楔 子
- 003 第一章 01 雨夜惊魂
- 021 第二章 02 双鱼与兰花
- 031 第三章 03 一封来自地狱的邮件
- 045 第四章 04 传说中的月光古堡
- 061 第五章 05 风铃花下的约定
- 073 第六章 06 一百年前的地下图书馆

目录 Contents

- 085 第七章 **07** 挑战！不容侵犯的学院社团意志
- 097 第八章 **08** 为了学院的荣耀
- 109 第九章 **09** 名动迦蓝
- 125 第十章 **10** 白玉台上战歌起
- 141 第十一章 **11** 解散圣樱学院
- 155 第十二章 **12** 摧毁城市的秘密
- 169 第十三章 **13** 暗中人
- 185 尾声

楔 子

　　灰黑的浓云阴沉沉地压在教学楼顶，一时半会儿还放晴不了。定下约会后，闻人唯和韩圣燮之间仿佛多了些什么，两个人对视一眼，感觉有温情在默默流动。

　　忽然，办公室里响起一声咳嗽，打断了他们傻乎乎的对望，韩圣燮推了推高挺的鼻梁上的眼镜，不自然地移开了目光。闻人唯回过神来，发现原蘩斗不知何时离开了风纪部。屋里只剩下她、韩圣燮和凌步翡三个人。

　　"我也不当电灯泡了，"凌步翡从办公桌旁站了起来，他收拾好东西，笑嘻嘻地说，"我去看卡罗伊斯学院的交换生了。"他路过两个人身边时，朝闻人唯挤了挤眼睛。

　　闻人唯微红着脸瞪了凌步翡一眼，看着他大步走出了风纪部。不知道为什么，刚才还心情愉悦的凌步翡，此刻的背影却忽然看起来有些落寞。

　　被凌步翡刚刚戏谑了一下，韩圣燮有点儿不好意思，想要打破这种微妙的气氛，于是开口道："既然你的父母已经回国了，你是不是得搬回家住了？学校的公寓还要留着吗？"

　　一提到她的父母，闻人唯唇边的微笑就淡了许多："不了，我爸妈这次回来只有三天假期，今天早上他们已经飞回非洲了，以后我还是住学校。"

　　父母常年不在身边，虽然能理解这是他们的工作，但闻人唯还是忍不住感到难过。韩圣燮安慰地拍了拍她的肩，换了个话题："对了，你给青窈打个电话，让她给新来的交换生登记一下学籍卡吧。"

　　闻人唯点点头，赶走脑袋里郁闷的想法，从口袋里摸出手机打电话给卞青窈，可万万没想到，平时对工作最负责认真的卞青窈，居然一听到交换生的事情就发起了脾气。

　　"谁爱去登记谁去！反正我不去！"

卞青窈用力喊出了这句话，就"啪"地挂断了电话，留下闻人唯和韩圣燮两个人大眼瞪小眼。

"这是怎么回事？"闻人唯摸了摸鼻子，可爱的脸蛋上满是不解，"青窈这是吃炸药了？"

"也许她心情不好吧，"韩圣燮英俊的脸上浮现出一丝无奈，"青窈既然不愿意去，那么你去吧。"

"我？"闻人唯指着自己的鼻子，不敢相信，"这个姓冯的是个外国人吧？可我外语很烂啊！"

"人家不姓冯！这只是一个中间名而已……真是拿你没办法，谁让你不好好学习？"

说起闻人唯的成绩，韩圣燮头痛极了。之前艾蜜橘给闻人唯测过智商，谁会相信，一个智商破120的女生居然学习那么烂。除了语文以外，没有一门科目过关，特别是英语和数学，不管考试大小，都是全班垫底。

看着闻人唯那郁闷的模样，韩圣燮难得地发了一回善心："今天就算了，放你一马。明天他正式来报到，你一定要好好招待。"说完，韩圣燮也往屋外走去，他的身姿挺拔而高大，宽阔的脊背令人无比安心。

"怎么这样？"闻人唯跟在韩圣燮身后，气呼呼地讨价还价，"我英文很烂啊！万一人家听不懂，我给学院丢脸怎么办？还有他到底是哪国人啊？是不是讲英文啊？喂！韩圣燮！"

听着身后一连串的追问，面无表情的韩圣燮悄悄弯起唇角，露出了一抹浅浅的微笑。

第一章

雨夜惊魂

1

还没等到第二天，圣樱学院就发生了一件大事。

晚上，闻人唯雄心勃勃地搬出了英语书，打算彻夜奋战学习，可没念一会儿，就觉得眼前一个个圆润的字母变成了催眠的咒语。上下眼皮不停地在打架，坚持了不到十分钟，闻人唯就抱着英语书睡倒在桌子上了。

窗外的夜色越来越浓，像化不开的墨汁。空气闷热而黏稠，一点点凉风都没有。树影静静地投映在窗户的玻璃上，等待着暴风雨的到来。

"轰隆——"

也不知道睡了多久，一声惊雷在天边炸响，把闻人唯吵醒了。她迷迷糊糊睁开眼睛，看到天际闪过一道闪电，紧接着雷声滚滚，雨珠噼里啪啦地砸落到了窗户上。闻人唯随手丢开英语书，坐直了身子，甩甩头，清醒了好一会儿。

手机忽然"丁零零"响了起来，她吓了一跳，拿起来一看："阿葵？"

都快半夜十二点了，原葵斗给她打电话干什么？

闻人唯接起电话，没听几句，白皙圆润的小脸上的神色就变得凝重起来，她急匆匆地握着手机跑到房间门口穿鞋，随后就像炮弹一样冲了出去，没过几秒钟又连忙返了回来，拽走了挂在门边的雨衣。她边跑边穿雨衣，刚冲到女生公寓楼下，原葵斗就迎了上来，他白皙如玉的脸上布满惊慌，琥珀般的眼睛瞪得大大的，连声音都带上了颤抖。

"小唯！怎……怎么办？好可怕啊……"

"确定是学校纪念碑吗？"闻人唯焦急地打断了原葵斗的话，一刻不停地往外跑去，原葵斗不敢耽搁，也撑着伞跟了上来。

"嗯！就是那里！"

倾盆大雨将两个人的交谈声淹没，刚打了个盹儿的宿管阿姨从桌上抬起头，隐约瞧见两个在黑夜雨幕中越跑越远的身影，等她揉揉眼睛仔细再看，就什么都看不见了。

闻人唯跟着原葵斗来到圣樱学院的大礼堂——春樱殿。春樱殿是一座大气磅礴的仿古宫殿模样的礼堂，朱红色的宫墙复古夺目；漂亮的琉璃瓦覆在屋顶上，阳光照在上面会折射出耀眼的光芒；高高翘起的檐角上坐着五只憨态可掬的小神兽，仿佛在镇守着学院的安宁。

第一章 雨夜惊魂

春樱殿是韩圣燮的爷爷派人建造的。以前用来举办艺术文化活动，但自从建了更高级、更现代的圣樱体育馆后，这里就较少使用了。不过春樱殿仍然举足轻重，因为它前面屹立着学院的标志——圣樱纪念碑。

这座纪念碑已经有一百年的历史了，据说是某一任校长建立的。黑曜石做成的方碑上，篆刻着这一百年来对学校和社会有过突出贡献的人物的名字。韩圣燮的爷爷、艾蜜橘的父母的名字都在上面。

可是现在……

站在一堆残垣断壁中间，闻人唯张大了嘴巴。黑色的石块堆成一座小山，雨水顺着石块"唰唰"流过，很快，这里就坑坑洼洼、泥泞不堪。

身后的原葵斗吓得差点儿没握住手中的雨伞，他一只手用力地攥着闻人唯的衣角，结结巴巴地说："小……小唯，我看到的时候都快被吓死了，学校里怎……怎么会发生这种事？"

被原葵斗拉得往后退了一步，闻人唯立在原地，呆若木鸡，怎么也不敢相信自己的眼睛……学院的标志，屹立百年不倒的纪念碑——

被闪电劈碎了！

愣了半天，闻人唯终于反应过来，赶紧打电话通知了韩圣燮、卜青窈和凌步翡。韩圣燮第一个从男生公寓赶了过来，他撑着一把黑伞，乌黑的发梢湿答答的，英俊的面容上是掩饰不住的担忧和焦灼，待他看清楚这堆黑乎乎的焦土和石块时，眼睛猛地瞪大了。

"小骗子，你看到纪念碑是怎么倒的吗？"韩圣燮转过身问。

闻人唯摇摇头，她身后的原葵斗探出脑袋，秀气的脸庞一片惨白："我……我看到了……"

见韩圣燮眯了眯眼，他慌张地喊了起来："我发誓！这……这可不是我干的。我只是远远地路过，就看到一道闪电劈过，然后……纪念碑就碎了……"

谁也没想到，圣樱学院竟会出这样的事，看着眼前一片废墟，韩圣燮薄薄的唇严肃地抿成一条直线。幸好纪念碑倒塌的声音被雷声掩盖了，学生们并不知道此刻发生了什么，不过到了明天，这件事肯定会成为学院最轰动的新闻。

韩圣燮正思考着风纪部该怎么来维持秩序，忽然又一道闪电闪过，瞬间照亮了石头堆背后的一抹暗色身影。

"谁?"他立马将闻人唯拉到自己的身后,并大声地问,"谁在那儿?"他下意识的维护让闻人唯的心里一阵暖洋洋的。原葵斗吓了一大跳,也连忙躲到韩圣燮的身后。

等了几秒都不见动静,韩圣燮正准备走过去看个究竟时,那暗色身影忽然从石头堆后面走了出来。

"咦?外国人?"闻人唯看清来人的脸,不由得惊诧出声。

映入眼帘的,是一位身材高大的异国少年。他鼻梁高挺,眼睛深邃,一双碧绿的眼睛如深不见底的湖泊,几缕金色的短发从他的黑色斗篷雨衣的帽檐下露出来。

"你……"韩圣燮脸上闪过一丝迷惑,很快便反应了过来,"我看过你的申请照片,你是卡罗伊斯学院来的交换生?"

"他,他就是那个冯什么因希?"闻人唯顿时瞪大了眼睛。

惨了惨了,她的英语还没学好啊!"你好"用英语怎么说来着……

"Hello,How do...how do you..."闻人唯憋了半天,都没说出一句完整的英文。

对面的少年微微一笑,放下雨衣斗篷的帽子,露出一头漂亮的金发。

"你们好,我就是今天来的交换生白兰度。"字正腔圆的中文从金发少年的口中流利地说了出来。

"咦?你会说中文啊?"

闻人唯终于松了口气。

2

雨势渐渐小了起来，丝丝水汽飘在脸上，带来点点凉意。白兰度走到韩圣燮身边，刚想要说些什么，身后突然传来急促的脚步声。远远地，卞青窈那清脆爽朗的声音就传了过来。

"小唯！怎么回事？怎么突然打电话说纪念碑……"话还没说完，卞青窈的声音就戛然而止，她僵在原地，震惊地看着白兰度，白兰度也没有说话，只是静静地回望她。

周围的空气仿佛凝固了，闻人唯不安地捅了捅韩圣燮的腰。韩圣燮低下头投来一个警告的眼神，示意闻人唯别说话，她只好闭上嘴巴，但一双大眼睛左瞧瞧右看看，目光里闪烁着好奇的光芒。

"一定是你！"

最令人惊奇的事发生了。没有一丝丝防备，卞青窈甩开手里的伞，冲到白兰度面前，指着他大喊："纪念碑是你弄垮的对吧？你为什么要这样做，走到哪里就要毁掉别人的东西？"她伸手就要拽住白兰度的衣领，闻人唯和原葵斗连忙拉住卞青窈。

"有话好好说啊，青窈，你这是干吗？"闻人唯劝道。

"是他！"卞青窈激动地转过头，"小唯，纪念碑肯定是他弄垮的！我早就怀疑这家伙来我们学校不怀好意。果然，第一天我们的纪念碑就倒了，哪有这么巧的事！"

闻人唯默不作声地瞥了白兰度一眼。青窈的话也不是没有道理，圣樱学院这么多年来，都没有发生过这么严重的事，为什么白兰度一来就发生了？

白兰度倒是完全不在意他们的怀疑，白皙得近乎透明的脸上神色平静，翡翠般的眼睛深深地注视着卞青窈。

"青窈，你忘了我们风纪部的规定了吗？没有证据的事不可以乱说。"韩圣燮蹙起眉头。

"是不是乱说，警察来了就知道了。"说着，卞青窈从口袋里摸出手机，不管大家的劝阻，执意要拨110，还是姗姗来迟的凌步翡一把夺过了她手里的手机。

"还给我！"卞青窈脸都气红了，要扑过去抢。

"青窈，你能不能冷静点儿！"凌步翡吼道。

凌步翡是淋雨跑来的，他的头发已经全湿了，雨水顺着小麦色的脸庞淌下来，滴答着往衬衣领里流。闻人唯从裤袋里掏出纸巾给他擦了擦脸，他温柔地看了一眼闻人唯，接着又看向卞青窈。

"我们从小一起长大,你信不过他,还信不过我吗?就算你怀疑人家,也得给人家辩解的机会吧?"

卞青窈愤愤不平地扭过头:"随你便!反正你是向着他的。"

闻人唯和韩圣燮交换了一个眼神,从彼此的眼睛里看到了惊奇的神色。闻人唯与卞青窈相识并不久也就算了,可就连朝夕共处的韩圣燮都没见过卞青窈脾气这么暴烈的一面。

凌步翡叹了口气,走到白兰度面前,公事公办地问:"这位同学,能告诉我为什么这么晚了,你还在春樱殿附近徘徊吗?而且按理来说,交换生不是要明天才开始报到吗?"

白兰度摊摊手:"我只是想起自己就要成为圣樱学院的一员,太兴奋了,所以提前来学校逛逛,没想到逛得忘记了时间。再说又不是我一个人半夜在这里徘徊,那个男生不也是吗?"说着,他伸手指向了闻人唯身后的原葵斗。

一瞬间,大家的目光都汇聚在了原葵斗身上。

"不……不是的。我只是晚上肚子饿,想来这边的自动贩卖机买点儿吃的!"原葵斗脸都吓白了,连连摆手。

再耗下去也没有意义,纪念碑已经倒塌。韩圣燮放白兰度离开之后,把其他人都带回了风纪部。

时针指向凌晨两点,然而大家都没有睡意。原葵斗把自己看到的都原原本本地说了一遍,等凌步翡把春樱殿附近的监控视频拿来播放了以后,所有人都陷入了沉默。

视频里的确是闪过了一道白色闪电后,纪念碑才轰然碎掉的。

"青窈,你现在还觉得,这件事不是意外吗?"韩圣燮终于开了口,他的声音清冷低沉,打破了快要凝固的气氛。

卞青窈坐在沙发上,紧紧地攥着自己的制服裙摆,漂亮的杏眼中满是不服输的倔强,从视频播放开始,她就一言不发地生起闷气来。

"我不知道!视频又不是我亲自去拿的!"过了好一会儿,她才生硬地回答。

"你这是什么意思?"凌步翡一下子站了起来,"难道你是说,我在视频上作假?"

"你们这是干吗?"闻人唯赶紧拽住凌步翡的胳膊,"不要吵架!"

凌步翡的嘴唇动了动,似乎想要说什么,最后还是忍住了。而卞青窈像变成了另外一个人似的,猛地抬起头,直视凌步翡,目光锐利得像把剑:"对,我就是不相信你!从小你就喜欢包庇他,更别提现在了……"

"孤儿院的事已经过去了!"

"没有过去!"

傻傻地听着两个人的对话,闻人唯半天反应不过来……什么孤儿院?

凌步翡闭了闭眼睛,总是笑嘻嘻的脸上难得地露出了一丝脆弱,他忧伤地看着卞青窈:"我知道你很在乎孤儿院,可毕竟我们三个人一起长大,你忘了当初是谁对你最好,每次外出都会给你带零食,有新奇的玩具也最先留给你吗?小时候,你是多么喜欢他啊。"

"别说了,"卞青窈也站了起来,面容上满是冷漠,"在我心里,小时候那个对我好的白哥哥已经死了。白兰度,他现在只是一个害老院长坐牢,害我们无家可归的凶手!我以前有多喜欢他,现在就有多恨他。"

"青窈……"

"别说了,我知道你在想什么。死心吧!这辈子,你是看不到我们三个人再和平相处了。"说着,卞青窈拉开风纪部的门,走了出去。

卞青窈走后，风纪部的气氛变得很压抑。平时亲密无间的伙伴吵架了，大家一时间不知道该怎么办才好，还是原葵斗这个局外人弱弱地说要回去，打破了难堪的沉默。

四个人一同走出了教学楼，道路两旁的路灯洒下暖橘色的光芒，韩圣燮的眉宇之间沾染着挥之不去的疲惫，闻人唯轻抚韩圣燮的肩膀，安慰说："不要想太多啦！青窈只是一时生气而已，很快就会和凌步翡和好的。"

韩圣燮如玉的脸庞上神情缓和了许多："我知道，可青窈今天虽说有点儿无理取闹，但有句话却说得没错。"

"你是说，白兰度一来，学校就出事？"

韩圣燮点点头，虽然他从来不相信第六感，可不知道为什么，心里有种忐忑的感觉，总觉得没这么简单，不知接下来会发生什么事情。

"说起来也是，"闻人唯睁大黑白分明的眼睛，"我也吓了一跳呢！没想到青窈和凌步翡，还有那个白兰度早就认识了！"

"他们以前在同一家孤儿院的事，我也只知道个大概。"韩圣燮拍了拍闻人唯的肩膀，目光温柔，"青窈是高智商学霸，当初被录取进学校时没人敢小看她。但步翡当初刚来时，因为孤儿院出身还差点儿被同学们孤立，还是加入风纪部以后才慢慢被大家所接受。"

闻人唯抬头看向走在前面的凌步翡，他的背影慢慢融入黑夜中。

她暗暗下定决心，明天找机会问问卞青窈，弄清楚那个白兰度到底是怎么回事。

第二天，纪念碑倒塌的消息果然成了学院的重磅新闻，很多学生都跑去围观。韩圣燮提前采取了应对措施，春樱殿附近五十米都被黑黄相间的警戒线围住了，几位保安站岗看守，挖掘机正在清理石块和泥巴。

上午的课程结束，下课铃声刚落，闻人唯就去二年级A班找卞青窈一起吃午餐。

"什么？请假了？"

从未缺课的卞青窈，居然破天荒地请假了。卞青窈班上的同学也很惊讶，闻人唯问不出个所以然，只好一个人怏怏地走出了教室。

午休时间韩圣燮要巡逻，艾蜜橘又有事请假没来上课，闻人唯找不到别人跟她一起吃午饭。为了青窈，她还特地在网上团购了很贵的泰式餐厅优惠券，看来只能退了。

第一章 01
雨夜惊魂

她郁闷地掏出手机，刚点进去网页，看到店家秀色可餐的食物图，肚子顿时咕咕地叫唤了起来。看起来好好吃，一个人去吃也可以吧？她改变了主意，把手机放回口袋，往校外走去。

商业街离学校不是很远，这里到处都是高耸入云的摩天大楼，闪亮的霓虹招牌在白天依旧显眼，街头的俊男美女们打扮时髦，华丽的珠宝饰品店的玻璃都擦得特别明亮，映衬得橱窗里的珍宝熠熠发光。

"哇哦……"闻人唯新奇地左顾右盼，来宝星市这么久，严格来说，这还是她第一次独自出来逛街，感觉很新鲜。

闻人唯乱逛了一会儿，终于到达了她要去的泰国餐厅。这家餐厅在网上评价很高，果不其然，光门口的装潢就非常有情调：原木色的店面墙壁上并没有招牌，而是用粉蓝、浅紫、鹅黄色的绣球花拼成了浪漫的花墙，几盏可爱的星星灯从花墙上垂下，在地上投射出"星船餐厅"几个大字。

"欢迎光……"

她走进店里，一位高大帅气的服务生便立马出来迎接。服务生看清楚闻人唯的脸后，惊讶地喊道："闻人唯？"

"啊！"闻人唯瞪大眼睛，"凌步翡？你怎么在这里？"说着，她上下打量起凌步翡的装束。平时的他穿学校制服都要解开三粒扣子，显得随性自然。而此刻他穿着白色衬衣，配黑色的马甲，马甲上挂着精致的装饰链，短发利落地梳到脑后，温文尔雅得像另一个人。

"我在这儿打工啊。我带你去座位上。"

凌步翡领着闻人唯在座位上坐下，她顿时被餐厅里别出心裁的设计吸引住了：曲回的水池绕过一个个座位，清冽的池水上漂浮着一盏盏星星船灯，水池里栽种着美丽的荷花。她正赞叹于这美好的气氛时，邻桌一位穿着粉色连衣裙的太太的说话声尖锐地响了起来。

"哎呀，你看！这个是我和我老公去迪拜旅行，他给我买的礼物！"粉裙太太伸出手，美滋滋地向坐在她对面的朋友炫耀自己新买的大钻戒。

"哇，你老公可真好……"朋友识相地捧场。

"大倒不怎么大，倒是成色还不错……"

安静高雅的进餐环境里，粉裙太太的说话声将餐厅内的音乐声都盖过了，周围其他的客人有些不满地瞪向她们，但粉裙太太并没有察觉。

"我去拿菜单。"凌步翡安排闻人唯坐下后,转身离开了。

没过多久,粉裙太太忽然起身去洗手间。

"砰"的一声,粉裙太太发出一声尖叫。只顾着看荷花的闻人唯闻声扭头去看,是折返回来的凌步翡与粉裙太太撞上了,糟糕的是他手上除了菜单,还拿着一杯柠檬水,这一撞,水不小心溅到了她身上。

"你这人怎么搞的?"粉裙太太低头看了一眼,生气地大喊了起来,"你是怎么做服务员的?我这身衣服多贵你知道吗?你赔得起吗?"

"对不起!是我不对,您别生气,我给您擦擦。"凌步翡赶紧一边鞠躬道歉,一边从制服马甲的左胸口袋中掏出白色餐巾,擦粉裙太太裙子上的水渍。

"我的裙子可是老公送的结婚十周年礼物!你没长眼睛啊,你看看弄得这么脏我还怎么穿?"粉裙太太不依不饶。

闻人唯觉得粉裙太太有点儿小题大做,实在看不过,不由得开口替凌步翡求情道:"阿姨,他也不是故意的,您就大人有大量,算了吧……"

"阿姨?"粉裙太太瞪大了眼睛,气得脸都憋红了,"我有那么老吗?"

闻人唯不仅没减轻粉裙太太的怒火,反而惹她更加生气了。她叉起腰,嚷嚷着硬要经理过来解决。然而不用她叫,这么大的动静,餐厅经理已闻声过来了。其他用餐的顾客也转过身,对他们指指点点,小声议论。粉裙太太只好在餐厅经理点头哈腰的道歉中,拿了免单后离开了。

"哼!"临走前,粉裙太太还不忘恶狠狠地瞪了闻人唯和凌步翡一眼。

4

"这人真刁蛮，你还好吧？"闻人唯气呼呼地说，看向站在一旁的凌步翡。

"这位顾客，谢谢您的好意，您先看看菜单……"凌步翡对闻人唯露出职业性的微笑，并向她递上了菜单。

闻人唯正惊讶于凌步翡的反应，忽然一眼瞥到了站在不远处正看着他们的餐厅经理，意识到对于凌步翡来说他正在工作，的确不该过多打扰他。于是她装作不认识他，自顾自地看起了菜单。

而凌步翡被经理叫走了，好一会儿才过来。

"怎么样？你没事吧？"闻人唯关切地低声问，"经理骂你了吗？"

"没事。"凌步翡安慰性地笑了笑，"只是说我两句而已，没扣我工资已经算是谢天谢地了。"

"服务生不是人吗？她凭啥这么不依不饶啊？"看凌步翡那副表情，闻人唯知道他肯定挨经理骂了，替他愤愤不平起来。

"算了。"他狭长优美的眼睛里带上了一丝暖意，反过来劝她，"这种客人很少见的。餐厅一般不愿意接受工读生的，这里能让我兼职我已经很满足了。"

听到他这么说，闻人唯愣住了，这才想起他和卞青窈无父无母，生活一直都很不易，她不该火上浇油。

"对不起，凌步翡……"她愧疚地说。

凌步翡被闻人唯的反应逗乐了："你又没错，道什么歉？谢谢你替我说话，我很开心。"

"哪有，我又没有帮到你……"闻人唯不好意思起来。

"别说这些了，你尝尝这个。"

凌步翡将一直放在背后的右手伸了出来，手上赫然端着一杯蓝色的饮料："这可是我们店里的招牌饮料，很好喝的哦。"他把饮料放在餐桌上，颇有些自豪地说。

"嗯？直接喝吗？"闻人唯伸长脖子看了一眼，杯子里蓝黑色的液体看起来很像墨水，有种黑暗料理的既视感。她狐疑地伸出手想去拿，被凌步翡阻止了。

"把柠檬汁滴进去。"凌步翡递给她半块柠檬。

"这么麻烦？"嘴上抱怨着，闻人唯还是乖乖地挤了一些柠檬汁到杯子里。

一瞬间，杯子里原本诡异的蓝黑色液体渐变成了紫色，如同美丽蝴蝶的翅膀。凌

步翡拿起一根搅拌棒,在杯子里搅拌了几下,紫色的液体又慢慢变浅,如同一片幻彩的雾,深紫、浅紫、粉紫……最后渐渐定格成了闪光的粉色。

"好漂亮呀!"闻人唯已经惊呆了。

"喝吧。"看着闻人唯脸上的表情,凌步翡得意地笑了笑。

闻人唯迫不及待地拿起杯子喝了一口,顿时,酸酸甜甜的滋味在舌尖扩散开来,带着柠檬和迷迭香的清凉味道,沁人心脾。

"好喝吧?"

"嗯!"她赞叹地竖起大拇指,又灌了一大口。

这一顿饭吃得闻人唯心满意足,凌步翡又友情赠送了几样小点心,不知不觉就到了下午上课的时间,凌步翡换下工服,和闻人唯一起回学校。

"你每天都来打工吗?"闻人唯好奇地问。

"一周来五天,按照小时算薪水。"换回学院制服的凌步翡又成了那个神采飞扬的少年,"我在餐厅学会了菜色,有时候会自己尝试着做午餐便当。一开始在餐厅看到你,我还想:完了,被你发现我在打工,一定会嘲笑我呢。"

"怎么会?"闻人唯扭过头反驳道,"你很厉害啊!我这辈子还从来没有靠自己的力量赚过钱呢!而且你会做饭,还会调那么好喝的饮料!"说到这个,她觉得自己真是惭愧。

"真的吗?"凌步翡惊讶地问,"可是在学校里,大家很瞧不上勤工俭学这种行为,除了阿燮、青窈,连一起吃饭的朋友都没有。"

"我不是你朋友吗?以后没人陪你吃饭可以来找我呀!"闻人唯拍了拍胸脯,"不过,要准备我的那一份哦!"

凌步翡深深地看了她一眼,脸上有些紧绷的线条和缓了许多:"好。"

初夏的阳光照在两个人身上,有点儿炽热,闻人唯用手搭起凉棚,想要遮住白得刺眼的光线,忽然听到身畔的凌步翡出声。

"闻人唯……以后我可以叫你小唯吗?"

"啊?当然可以啊,那我也叫你步翡好了。"闻人唯爽快地答应了。

第二天卞青窈依旧没有来上课,担心的闻人唯一下课便径直跑到她的寝室去找她。原来因为白兰度的出现,让卞青窈感到心烦意乱,便半夜去河边吹风,得了重感冒,不得不在寝室里休养几天。与卞青窈闲聊了一会儿后,闻人唯不敢过多打扰她休息,就起身离开了。

闻人唯真没想到，那位异国交换生竟然对卞青窈有这么大的影响。

"小唯！"

正走着，一道清脆悦耳的声音忽然传入闻人唯的耳朵里，她抬起头，四下张望。

"这里这里！"

抓住走廊边的栏杆循声朝下望，闻人唯看到艾蜜橘站在教学楼下的花坛旁，活蹦乱跳地朝她挥着手。她开心地回应道："蜜橘！"

然而当她的目光不经意扫到艾蜜橘身旁时，一下子愣住了。

白皙如牛奶的皮肤，金灿灿的头发，翡翠般的眼眸……这个穿着墨绿色笔挺制服的异国美少年，不就是昨天晚上见过的白兰度吗？他那与众不同的发色和眼睛，此刻真是醒目极了，很多女生都在白兰度附近驻足，兴奋地窃窃私语。

闻人唯三步并作两步跑下楼，来到艾蜜橘跟前，略带质疑地询问："蜜橘，你怎么跟他在一起？"

白兰度脸上挂着温柔和煦的笑容看着她。

艾蜜橘心情看起来灿烂极了，笑眯眯地回答："我们打算一起去吃饭啊！咦？小唯，你们认识吗？我还想把白兰度介绍给你呢，这下省事啦！"

"闻人唯小姐,你好。"白兰度碧绿色的眼睛里闪过一道狡黠的光，他绅士地伸出手，"我从蜜橘那里听说了不少关于你的事，知道了你们是很要好的朋友。"

"啊？哦……"闻人唯犹豫了一下，和白兰度握了握手，心情十分复杂。真没想到白兰度和艾蜜橘认识，而且好像关系很不错的样子。

"你还没吃午饭吧？"艾蜜橘热情地抓住闻人唯的手，"走，正好我们一起去餐厅吧。白兰度人可好了，你一定会喜欢他的。"

"啊？不用了不用了，我中午约了韩圣燮一起吃饭。"她赶紧摆手拒绝。

开什么玩笑？青窈可不会无缘无故讨厌一个人。在还没弄清楚白兰度和青窈之间到底有什么过节之前，她才不会随便跟他接近。

"哈哈哈！我懂我懂，妨碍别人约会可是要遭天谴的。"艾蜜橘一脸恍然大悟的表情，伸手推了推闻人唯，"那你快去吧！"

在白兰度那若有所思的目光的注视下，闻人唯只好硬着头皮又转身走进教学楼去风纪部找韩圣燮，但是推开风纪部的门，却发现办公室里空无一人。

"没人？"闻人唯不死心地跑到书架后面查看，确实没人，"今天真是见鬼，该

见到的都没见到，不该见到的倒是全来了。"

"谁不该见到啊？"一道懒洋洋的男声从她的背后响起，"该不会是说我吧？"

闻人唯猛地回头，看到凌步翡斜倚在门框上，狭长优美的眼睛正盯着她看。他扬了扬手里的便当盒："阿燮正在忙纪念碑的善后事宜，他会直接在餐厅吃过午饭再回来。不过我昨天晚上准备便当时，多做了他那一份，看来你是不会吃了。"

"要吃要吃！"闻人唯赶紧扑过去，扯出一个讨好的笑容，"凌大大，你怎么会是不该见到的人呢？我日思夜想，就是期待着见到你……的便当啊！"说着，她以迅雷不及掩耳之势，伸手就把凌步翡手里的便当盒抢了过来，打开一看，眼睛里直冒红心。

"哇！海苔芝士章鱼烧！香肠！三文鱼饭团！"

"喂，好歹坐下吃吧。"凌步翡哭笑不得。

闻人唯拿起一块章鱼烧塞进嘴里，露出满足而幸福的表情："真是太好吃了！"

谁会料到，圣樱学院体育部健将、篮球队主力队员、男子五千米长跑冠军凌步翡同学，居然是一个烹饪高手呢？

她还是第一次见到这么会做饭的男生，真不愧是万千少女心中的黑马王子啊！

5

"对了,你和白兰度还有青窈,到底是怎么回事啊?"闻人唯"啊呜"咬了一口天妇罗,总算想起了自己要做的事,眨了眨眼睛问。

凌步翡僵了一瞬,随即扬起慵懒的笑:"昨天晚上你不都知道了吗?我和青窈,还有白兰度都是在同一个孤儿院长大的。"说完这句,他从自己的便当盒里夹了一根香肠放到闻人唯的便当盒里,之后都没有开口。

闻人唯端详着凌步翡的脸色,小心翼翼地问:"是不是担心青窈啊?她今天没来上课。要不,我陪你去她宿舍看看?"

"不用。"凌步翡闷声回答,"她从小就是倔脾气,认定我和白兰度成了一伙儿,就算我去了,也不会见我的。"

"可是……"

"让她安静几天就好了。"凌步翡抬起头,冲闻人唯笑了笑,"就算讨厌我,老师也不会让她请太久的假的,毕竟她可是年级第一名嘛。"

虽然故作轻松,但一想到这件事,凌步翡便没心情吃饭了。他放下便当盒,起身走到窗边,正午明媚的阳光洒进屋内,落在身上暖洋洋的,却一点儿也没有赶走他心中的阴云。

"再吃点儿嘛!明明你做的便当这么好吃。"闻人唯端着便当盒起身跟了过来,一脸愧疚,"早知道我不问了,害你心情变得这么差。"

看着闻人唯皱成一团的小脸,凌步翡一怔,心中涌上一股暖意:"不是的。不是你的原因,我只是想到了小时候的事而已。"

窗外湛蓝的天空中,掠过一道洁白的飞机云;绿草茵茵的足球场上传来男生们聒噪的喧闹声,是学院的足球队在为明年的全国大赛做准备;教学楼下不时有三三两两的女生走过,叽叽喳喳地讨论着明星和八卦,还有种种关于纪念碑倒塌的小道消息。

曾经,他们三个人一起生活过的孤儿院,也是这么鲜活,充满了生机……

正莫名感伤着,凌步翡忽然嘴巴里被人塞了一块章鱼烧,差点儿噎到。

"别想那么多,"闻人唯嘴巴里塞满了食物,腮帮子鼓得像只小仓鼠,她含糊不清地说,"不吃饱哪有力气伤心?我看你就是太瘦了,胳膊上都没有什么肉嘛。"说着,她捏捏凌步翡的胳膊,神情又多了几分不满。

被闻人唯重新拉到桌旁坐下,凌步翡突然觉得十分好笑:"喂,你那'胖子才帅'

的审美,什么时候才能更正过来?我这可是标准身材。"

"管你什么身材。"闻人唯从自己的便当盒里一口气夹了很多菜,放进他的便当盒里,将嘴里的食物咽下,"别郁闷了,我把章鱼烧都给你啦。"

看闻人唯一脸不舍的模样,凌步翡的心情莫名好了很多:"我有没有跟你说过,现在的你有点儿像小时候的青窈?"

"和我很像?"闻人唯惊讶地抬头。

有那么一瞬间,凌步翡有种强烈想要抬起手摸摸闻人唯的头的冲动,但他最终还是忍住了。

"小时候,青窈也是个特别活泼、喜欢照顾别人的女孩子,当时的老院长简直把她当女儿一样宠。"凌步翡注视着闻人唯的目光里,带着他自己都没发觉的温柔,"我和白兰度,还有青窈都是同一天被遗弃在孤儿院的,从小一起长大,三个人是当时最要好的朋友了。孤儿院里的孩子们身世都特别可怜,我们不是被父母遗弃,就是父母都去世了。孤儿院的孩子,或多或少都有些自卑,但只有青窈一个人完全没受到影响,脸上每天都笑容灿烂,只要看到她,多低沉的心情都会好起来。"

"可现在的青窈和我一点儿也不像啊。"闻人唯疑惑地眨眨眼睛。

"那是因为后来发生了一些事,"凌步翡的目光黯淡下来,染上了一丝惆怅,"改变了她的性格。"

"我可以问问后来发生了什么吗?"闻人唯放下了筷子。

凌步翡不解闻人唯为什么对他们三个人之间的过去这么感兴趣。面对他投去的询问的眼神,闻人唯认真地说:"青窈不只是你的朋友,也是我的朋友啊。朋友有了烦恼,不是应该想办法帮忙解决吗?我不想什么都不知道,只能干着急。"

"有你这样的朋友真好。"凌步翡笑容里带着淡淡的苦涩。

"那时候我们才八岁,"他回忆着过去的事,蹙起眉头,娓娓道来,"也不太清楚到底发生了什么事,只知道突然有一天,一个有钱人出现了,说要领养白兰度,没过多久,老院长就被警察抓走了。因为孤儿院一直都是靠老院长出去拉赞助才运营下来的,失去了经济支柱,自然就维持不下去了。孤儿院的孩子们被分配到了各个公立孤儿院,有很多当时的朋友,从此失去了音讯。"

"原来是这样!"闻人唯恍然大悟地拍了一下桌子,"可是,这和她讨厌白兰度,还有性格变化也没有关系啊?"

"不,不只是这样。"凌步翡摇摇头,清秀的脸上布满凝重,"当时有流言说,老院长的被抓与白兰度有关，但那时我年纪很小，只顾得上害怕，并不知道青窈和白兰度之间到底发生了什么……"

说着，凌步翡的声音越来越小："这么说起来，我真是个不称职的朋友。什么都不清楚就指责青窈，说不定她才是最痛苦的那个……等等，你要干吗？"他不经意地瞟了闻人唯一眼，赶紧跳起来拦住了闻人唯伸过来的手，那块火腿肠被他截在半空中之后，又被闻人唯送进了她自己的嘴里。

"安慰你啊！"闻人唯不以为然地说，"我妈说吃饱了就不会伤心了。"

凌步翡突然觉得，自己好像对牛弹琴了一番。

趁凌步翡放松了防备，闻人唯又夹了一块香肠迅速塞进了他嘴里，拍着胸脯保证："放心吧，有我在，事情一定会好起来的！"

凌步翡一怔，不由得扬起了一抹微笑。阳光洒落在闻人唯的肩上，仿佛镀了一层金光，他们之间的距离从来没有这么近过，近得可以看到她光洁可爱的小脸上细细的绒毛，一缕碎发顽皮地从她额前掉落，搭在了耳侧。

鬼使神差一般，他抬起手，就要将这缕头发拨到闻人唯的耳后。忽然，闻人唯转头看向办公室门口，开心地站了起来。

"韩圣燮！你回来啦！"

一瞬间，凌步翡像被烫到一样，立马将手背到了身后，刚想笑着打招呼，却对上了韩圣燮那双幽暗如黑曜石般的眼睛。韩圣燮面无表情地瞥了他一眼，转过了头。

他看到了……

第二章

双鱼与兰花

1

"大消息！超级劲爆！你们知道了吗？纪念碑石块被清理完以后，居然在石块底下发现了一个地下室！"

"真的假的？"

"绝对真实，学校官方微博都发通告了！说经过专家鉴定，这个地下室是一百多年前的古迹，要保护起来。提醒同学们不要跨过警戒线去围观，破坏古迹。"

"哇！想不到我们学校也有考古现场，好激动啊……"

离纪念碑倒塌已经过去三天了，闻人唯中途找艾蜜橘打听过白兰度的来历，但艾蜜橘却含含糊糊地回答她，白兰度只能算是一个认识的朋友，再加上这几天艾蜜橘行踪飘忽不定，她完全没有机会仔细问。

清早，闻人唯沮丧地走进教室，发现同学们都在讨论纪念碑倒塌的最新进展。

"这是真的吗？纪念碑下面有地下室？"闻人唯吃惊地瞪大眼睛，问一旁的"小雀斑"。"小雀斑"是班上公认的"八卦小能手"，圣樱学院里没有她不知道的奇闻异事。

还没等"小雀斑"回答，坐在前排的男生就扭头凑了过来，面容带着骄傲的神色："当然是真的啦！我们圣樱学院可是有一百多年历史呢！当年不是还在打仗吗？有什么地道、密室，一点儿也不奇怪。据说创办学校的人还是位很有名的伯爵，我们宝星市博物馆里很多珍宝，都是他当时留下来的。"

"对对对！这位伯爵好神秘呀！虽说是学校的创始人，但关于他的历史资料一点儿也查不到。"

"好像小说的桥段呀！不知道那位伯爵帅不帅……"

"哈哈，我最近追的偶像剧，男主角也是位伯爵！"

男生的话吸引了周围人，大家你一言我一语开始八卦，甚至还有女生捧着脸，满脸憧憬地把话题带向了最新热播的偶像剧。

"小雀斑"不屑地"哼"了一声："整天只知道虚构的偶像剧、小说，一点儿真实史料都不知道，还好意思说自己是圣樱学院的学生。"

"凭什么说我？"沉迷偶像剧的女生不服气，"你知道什么，你说呀。"

"说就说！"

"小雀斑"骄傲地扬起头，神秘兮兮地压低声音："你们知道，宝星市是怎么建立起来的吗？传说在一百多年前，宝星市还只是一个小小的乡村，这里山清水秀，景色很美。有位很富有的伯爵在环球旅行时发现了这个世外桃源，一时兴起，打算在这里暂时生活一阵子。"

"小雀斑"说的故事没人听过，离上课还有段时间，全班人都聚了过来，还吸引了几个外班的学生，大家纷纷催促她继续说下去。

"小雀斑"竖起一根手指，摆了摆："伯爵偶然间发现这里有大量的石油可以开采，还发现了附近的许多野生植物都是非常珍稀的药材，于是干脆定居下来，在这里做起了石油和药材的生意。他创建了圣樱学院给他的后代上学，还将原本普通的小乡村变成了富饶的城市，也就是现在的宝星市。"

闻人唯听得津津有味，她从没想过自己念书的学校，还有这么传奇的故事。

"石油的过量开采和药材的过量采摘，导致宝星市的环境越来越差。原住居民受尽苦头，再加上伯爵一向过着奢靡的生活，一直奴役着百姓为自己服务，几十年后，战争爆发了，贫苦的民众忍无可忍，联合起来要将伯爵家族推翻。可没想到，在他们准备发动攻击的前一晚，伯爵就收到消息，不知所终了。"

"啊！"

"怎么这样？"

没想到最后会是这样的结局，大家纷纷喟叹，那个爱看偶像剧的女生不能接受地说："'小雀斑'，你是怎么知道这些的，不会是编的吧？"

"我什么时候编过这种谎话？"

"小雀斑"气得叫了起来："这都是我爷爷告诉我的，我太爷爷还参加过当年的战争呢！我们市还有纪念博物馆，不信你去问韩圣燮学长呀，他爷爷——我们的校长，也知道这件事。"

女生的脸一下子涨得通红，她当然没有胆子去问韩圣燮。一个短发圆脸的女生拍了拍她的肩："韩小美，'小雀斑'说的应该是真的啦。你忘了，之前你想去'月光古堡'观光，那里就是伯爵曾经的府邸呢。"

"'月光古堡'是什么地方？"闻人唯听到了一个她闻所未闻的地名，连忙好奇地问。

"这个我知道！那是一个很漂亮、宏伟的古堡！"前排的男生兴奋极了，迫不及待地插话，"我小时候还去参观过。"

另一个女生沮丧地说："唉，应该早点儿去参观，前几天我去'月光古堡'，被门卫大叔拦下了，他说那里已经被人买下来了，现在是私人古堡，不许他人随便进入呢。"

"'小雀斑',你真厉害,这都知道。"这下子,大家都相信了"小雀斑"的话。

"小雀斑"得意地挥挥手:"嘿嘿,一般般啦。"

闻人唯刚想问"小雀斑"知不知道纪念碑地下室是怎么回事,上课铃声就响了起来,围成一团的学生顿作鸟兽散,"小雀斑"吐吐舌头,也回到了自己的座位上。

错过了这次机会,之后每次的课间休息时间,"小雀斑"的座位都被人围得水泄不通,闻人唯挤都挤不进去,她只好无奈地放弃了。

"算了,反正韩圣燮应该知道,我到时候问问他好了。"

别人不敢问他,她还不敢问吗?

想到韩圣燮冰冷肃穆的外表下那颗真诚炙热的心,闻人唯的心情也变得明媚起来。

吃过午饭,闻人唯打算回寝室睡个午觉,走到女生公寓楼下时,她看到一个熟悉的身影在樱花树下徘徊,不少路过的女生在偷偷看他。

最近气温渐渐升高,圣樱学院的冬装制服不太适合穿了,原葵斗将脱下的制服外套搭在胳膊上,只着一件白色衬衣,衬衣简洁合身的剪裁衬托出他纤瘦的身材,远远看去,好像从漫画中走出来的美少年,如果他不弓着后背、耸着双肩的话……

"阿葵,"闻人唯走过去拍了一下原葵斗的肩膀,"你在干吗呢?"

听到闻人唯的声音,原葵斗惊喜地转过身:"小唯,你回来了!"他清澈的琥珀色眸子里倒映出闻人唯的身影。阳光透过碧绿的叶子在他单薄的肩头洒下细碎的光斑,映衬着他清秀得像女孩子一般的脸越发白皙剔透。

闻人唯上下打量了原葵斗一番,露出心痛的神情:"阿葵,你是不是又瘦了,要多吃点儿啊!"

"知道了……"原葵斗对闻人唯的审美十分无奈,只能含糊应道,随后伸手递给她一个东西,"我是来给你送这个的。"

闻人唯低头一看,是一个黑色笔记本,皮质外壳上印着精美的十字架暗纹,边缘磨损得有点儿毛糙,十分有年代感。

"这是什么?"闻人唯奇怪地问。

"啊?你不知道?"原葵斗瞪大眼睛,"一个戴墨镜的男生让我帮忙拿给你的,我以为是你落在哪里的笔记本呢!"

第二章 02
双鱼与兰花

2

诧异的闻人唯询问了墨镜男生的长相，然而即使原葵斗仔仔细细地描述了一遍，她仍然没有从自己的脑海里搜索出一个原葵斗口中所述的人物形象来。

"难道是我爸妈去热带雨林，给我寄来的礼物？"

有之前收到大包裹的经历，闻人唯不敢贸然肯定这个笔记本不是她的。她接过笔记本，随手翻开，发现第一页用优雅好看的花体字写着几行诗句。

复仇的火焰已经开始燃烧，
黑暗使者已经降临，如影随形，
如同殉道者渴望那不朽的荣光。

"什么啊……看不懂。"文艺细胞为零的闻人唯嘟囔道，接着看到诗句下方印着两个奇特的纹章图案。

"这是什么？"原葵斗凑过来，好奇地问。

"兰花吧……"闻人唯摸了摸其中一个浅紫色的纹章，不确定地说。

不久之前，圣樱学院与圣玛丽女子学院共同举办了幻花少女大赛，这是两个学校间每年的例行比赛。闻人唯当时作为圣樱学院的代表出赛，月琦蔓作为圣玛丽女子学院的代表出赛。比赛有个不成文的规定，两个参赛者会比试制作"银花王冠"，哪一方做得更出色，那方的银花王冠就会作为比赛胜出者的冠冕。闻人唯在制作银花王冠时参考了很多花卉的图片，根据她的印象，这应该是一朵含苞欲放的兰花，线条优美的枝蔓伸展开来，形成美丽的椭圆，高贵又神秘。

原葵斗指着另一个蓝色纹章，叫出声来："我看出来了！这个是双鱼！"

闻人唯看了看，果然是两条鱼互相衔着对方的尾巴，在浪花中嬉戏的图案。纸张已经泛黄，印在上面更显妖冶艳丽。翻开第二页，她顿时眼花缭乱，上面写满了密密麻麻的字，是她看不懂的蝌蚪文，她不死心地往后又翻了几页，全都是这样的文字。

"这到底是什么啊？恶作剧吗？"闻人唯没有耐心再看下去，生气地就要把笔记本丢进垃圾桶。

"小唯！你要干什么？"原葵斗赶紧拦了下来。

"丢掉啊！这一看就是恶作剧。我英文一窍不通，上课从不做笔记。"

"这不是英文啊!"原葵斗紧张兮兮地说,"你不觉得很奇怪、很诡异吗?"

"诡异什么?"

"你想想,一个陌生男生让我给你这个东西,一翻开就写着复仇,还画着这么怪异的图案,难道不可怕吗?"说着,他的脸色都开始苍白起来,"万一这不是开玩笑呢?人家要报复你怎么办?"

"说得也对……"闻人唯后知后觉地点头,"可是为啥要报复我,我又没得罪什么人?"

原葵斗无言以对,沉默了好一阵,不放心地又说道:"还是给韩圣燮看一下吧!我以前在博物馆见过类似的文字……应该不可能是恶作剧。"

鉴于原葵斗的激烈反应,闻人唯也开始意识到这个笔记本的来头似乎没那么简单。她给韩圣燮打了个电话,但迟迟没人接。从早上开始,她总觉得自己好像忘了什么重要的事。于是她干脆拿着笔记本和原葵斗一起前往风纪部。

由于圣樱学院是以学风开放自由著称,学院里并没有设立训导处,班主任也只负责学生的日常事务。在老校长出走后,韩圣燮成立了风纪部,担任起整个学院的风纪管理,将学校打理得井井有条,所以学生如果有棘手的难题,都可以找风纪部来处理。

半路上,原葵斗远远瞥见一个人影,顿时吓得"啊"的一声,慌忙抓住闻人唯的衣角,躲到了她的身后。

被原葵斗拉得一个趔趄,闻人唯差点儿摔倒:"阿葵,你怎么了……"

"月……月,月琦蔓。"

看原葵斗紧张得结结巴巴,闻人唯不由得郁闷起来。她回想起自己第一次见到原葵斗时,他还是个体重接近两百斤的大胖子,自卑怯弱。后来原葵斗参加了减肥训练营,成功地变身为清秀美少年,又在幻花少女大赛上临时救场,作为压轴表演,打败了月琦蔓请来的偶像明星关巧巧。可即便这样,现在他看到月琦蔓仍然会吓得哆嗦,看来月琦蔓在原葵斗的心底留下了不小的阴影。

"不要怕,大不了我们绕路……"

闻人唯话还没说完,月琦蔓那高傲的女声就传了过来,让人想忽视也忽视不了。

"咦?这不是闻人唯和她的小跟班原葵斗吗?你们怎么在这里,难道是特意来接我的?"说着,月琦蔓朝两个人走了过来。她身穿圣玛丽女子学院标志性的红格子裙,手里执着一把漂亮的水蓝色蕾丝扇子,精致的羊皮鞋上镶嵌着圆润的珍珠,脖子上的金粉色月桂藤蔓项链闪闪发亮。

闻人唯无意中帮月琦蔓找到了失散多年的亲姐姐猫泽雾，不但赢得了幻花少女大赛，也赢得了月琦蔓的尊重。猫泽雾是一个神秘兮兮的美少女，她以前因为月琦蔓的走失产生了心理障碍，不喜欢出现在人前，整天研究奇怪的黑魔法，把自己藏在黑斗篷里。找回了月琦蔓，猫泽雾变得开朗大方多了。幻花大赛结束后，位于欧罗巴的世界名校卡罗伊斯学院发来了邀请函，邀请圣樱学院的学生前去学习交流。猫泽雾原本对西方魔法史很有兴趣，就申请作为交换生，去了遥远的卡罗伊斯学院。月琦蔓留了下来，无论她的身份怎么变，她还是被月琦垩捧在手心里的小公主，高傲的个性也一点儿没变。

不过，不讨厌就是了。

"小跟班，你不会还在怕我吧？我都已经道过歉了。"月琦蔓那双水盈盈的大眼睛，好奇地看向闻人唯身后的原葵斗，"你放心吧，我以后不会再以貌取人了。"

"月……月琦蔓小姐。"有了月琦蔓的这句话，原葵斗才勉强白着一张脸，弱弱地打了声招呼。

"月琦蔓，你今天怎么到我们学校来了？是来找月琦垩的吗？"当了这么久的死对头，虽然现在两所学校的关系缓和了不少，但闻人唯仍下意识地觉得，月琦蔓来圣樱学院准没什么好事。

月琦蔓翻了个白眼："找我哥有什么好玩的？我这次可是特地来看你们新来的交换生——白兰度·冯·海默因希的。"

"来找白……白兰度？"原葵斗惊讶地问出声。

"怎么？你们还不知道，这位交换生一来就出名了。我们圣玛丽学院的女生都在讨论他，作为学生会会长，我当然要来看看这个大名鼎鼎的家伙是何方神圣。"

"白兰度！"闻人唯反应慢了半拍，她脸上的表情僵了一刹那后，忽然猛地大吼一声，把两个人吓了一跳。

"闻人唯你怎么回事？"月琦蔓捂住耳朵，"发病了吗？"

闻人唯红润的脸蛋变得惨白，她呆呆地回答："我……我想起来自己忘记什么了，我忘了要给白兰度学籍卡了。"

3

三天了！加上白兰度提前来了一天，四天了！

整整四天，她把韩圣燮交代自己的任务抛到了脑后。也就是说……这个大名鼎鼎，连外校学生都慕名来看的交换生白兰度，现在还是个没安排班级，上课只能旁听的黑户！

不敢想象韩圣燮知道这件事以后会怎么样，闻人唯吓得满头大汗，把笔记本往原葵斗怀里一丢："阿葵，拜托你去一下风纪部，我要去找白兰度了！事情紧急，拜托拜托！"

说着闻人唯转身就要跑，却被月琦蔓一把拉住："急什么，白兰度已经来了。"她指了指繁星广场的前方，那里不知道什么时候聚集了一大群学生，个个满脸激动。即使人头黑压压一片，闻人唯还是一眼就看到了身在其中的白兰度！

他居然骑着一匹黑马，就这样来了学校！

原葵斗痴痴地看了一会儿，不禁感叹："好拉风啊……"

月琦蔓也抱起了肩，蹙起了黛色的眉毛："真不甘心啊！居然有人比我还高调。看来下次我来你们学校，得搞辆金马车才行。"

闻人唯三步并作两步挤进围着白兰度的人群里，连忙拽住白兰度的马缰绳，本来在慢悠悠前进的油光水滑的黑色大马打了个响鼻，停了下来。白兰度打扮得十分帅气，身着墨绿色的骑装，笔挺的制服外套上挂着金色的绶带，映衬着他碧绿的双眸越发透亮，显得整个人格外精神。

听说卡罗伊斯是一所半军事化学校，这大概是他们的校服吧。

"闻人唯小姐，请问有事吗？"白兰度长腿一迈下了马，他熟练地挽起手中的马鞭，举手投足之间透出优雅的风范。

"啊！好帅呀！就像漫画里的美少年！"

"他的眼睛实在太漂亮了，像宝石一样剔透！"

女生们一阵骚动，而月琦蔓和原葵斗站在不远处围观。月琦蔓扇着扇子，一脸的饶有兴致。

"那什么……我要给你学籍卡！对不起啊，之前我给忘了。"闻人唯手忙脚乱地翻着随身携带的小背包，从里面找出学籍卡递给了白兰度。白兰度接过后，道了声谢。

"白兰度同学，我们风纪部有规定，外来交通工具不许在校内通行。"闻人唯心虚地偷偷瞥了白兰度一眼，壮起胆子说。

"据我所知，马匹不属于你们风纪部规定的交通工具吧？"

"可是……"闻人唯稍一犹豫，白兰度牵着马就要离开，她赶紧拉住他，"等等！还有男生公寓的钥匙，你还得跟我去一趟后勤处，让老师给你安排。"

"不用了，我已经申请外宿了，以后不住在学校里。"说着，白兰度转过身，提高声音对大家说道，"同学们，我的住址是宝星古月街1号，欢迎大家去玩。"他的话顿时引发了众人的窃窃私语。

"宝星古月街1号？怎么那么耳熟啊？"

"我知道了！那不是'月光古堡'的地址吗？这么有名的古堡，也可以住进去的吗？"

"你没听说吗？从上个月开始，'月光古堡'就不接受游客观光了，说是被人买了下来，正在维护修葺呢！"

在一片议论声中，白兰度唇边的笑意扩大了，他朝大家点头："没错，我就住在大家说的'月光古堡'里，不过现在还没有翻修完毕。下周周末，我会举办宴会招待大家，到时候请大家赏脸光临。"

周围顿时一片哗然，看向白兰度的目光都变了。圣樱学院中家境优渥的学生不少，但这么大手笔买下一座古堡，还请全校同学赴宴的人……还从来没有过。

白兰度拿出一沓黑色镏金的邀请卡分发给在场的学生，闻人唯也拿到了一张。白兰度朝她露出一抹抱歉的笑容，柔声说："闻人唯同学，你好像对我有什么误解，希望下周周末能看到你的倩影，蜜橘一定会很开心的。"

犹豫了一会儿，闻人唯还是接过了卡片。白兰度没有再说什么，又转身走向下一位女生。

闻人唯低下头，看向自己手中的黑色卡片……世界上有这么巧的事情吗？上午她才听说月光古堡的事，下午就接到了白兰度的邀请卡？

"喂，闻人唯。"

随着白兰度的离开，人群都散得差不多了。月琦蔓走过来，原葵斗怯生生地跟在她的身后。就这么一会儿工夫，他就成了月大小姐的跟班，还帮她扇扇子呢。

"你怎么又欺负阿葵？"闻人唯从原葵斗手里夺过扇子，塞到月琦蔓的怀里。

"我又不是故意的，顺手塞给他，他就接住了呗。"月琦蔓无所谓地耸耸肩。

"不过，周末你不会真的要去月光古堡吧？"她眯了眯漂亮的眼睛，看着白兰度

离去的背影,"还是别去了,这家伙一看就不是什么好人。"

"你也这么觉得?"闻人唯紧张起来,"莫非他身上有什么不对劲的地方?"

月琦蔓"唰"地一下打开扇子:"那倒不是,我只是不喜欢比我还高调的人。住进那么大的古堡里,还邀请全校学生去参加宴会,完全抢了本大小姐的风头嘛!"

"就这样?"闻人唯不死心地问,"没别的了?"

"还能有什么?我这辈子最讨厌的就是哗众取宠的人!"月琦蔓不满地瞪了她一眼,"拜托,你好歹也曾经赢过我,能不能更有气势一点儿?别人看到你这平凡普通的样子,会丢我的脸。"

摸了摸鼻子,闻人唯没有反驳。

月琦蔓气势汹汹的样子让原葵斗吓了一跳,那小鹿似的眸子不安地闪烁着。他轻轻把先前那本黑色笔记本递给闻人唯:"小唯……我突然想起自己还有作业没做。我……我先回去了。"

知道原葵斗害怕月琦蔓,闻人唯点了点头。

月琦蔓冷哼一声,不爽地说:"我第二讨厌的,就是胆小的人。"

她的声音不大不小,但走在前面的原葵斗却突然趔趄了一下,差点儿没摔倒。他缩了缩脖子,逃也似的溜走了。

第三章

一封来自
地狱的邮件

1

反正没什么事，月琦蔓便跟着闻人唯一同来到了风纪部。闻人唯一推开门，发现大家都坐在韩圣燮的桦木大办公桌前。凌步翡和许久不见的月琦垩一左一右，坐在韩圣燮两边，这几天行踪神秘的卞青窈则坐在韩圣燮的对面。

见到卞青窈，闻人唯不由得高兴起来："青窈！"她开心地走到卞青窈跟前，"你身体恢复健康啦？"

几天不见，卞青窈的脸色仍然有些憔悴，听到闻人唯这么说，她看向闻人唯的目光中染上了丝丝暖意："对不起，让你担心了。嗯，我身体好多了。"

"小蔓，你怎么来了？"月琦垩诧异地问。

"你是我哥，我就不能来看看你吗？"月琦蔓凶巴巴地说。

月琦垩轮廓分明的脸上神色一暖，起身摸了摸她的头："可是，哥现在正有事……"他的话还没说完，就被韩圣燮打断了。

"小骗子，你和月琦蔓过来是有什么事吗？我们现在在开一个很重要的会议，如果没事就……"韩圣燮抿了抿薄唇，黑框眼镜后的视线锁定了闻人唯。

"有，有！"闻人唯突然想起自己来的目的，赶紧把黑色笔记本递了过去，"今天有个人拜托阿葵给了我这个，我看不太懂，拿过来给你看一下……"

韩圣燮接过笔记本，翻开第一页，清俊的脸上神情顿时难看起来，他那双幽黑狭长的眼睛里闪过意味不明的光芒，开始招呼其他人："青窈，步翡，阿垩，你们都过来看看。"

三个人凑到韩圣燮跟前，下一秒，闻人唯发现他们的神情都变得凝重起来。

"我也看看。"月琦蔓也好奇地挤了过去。

"'复仇的火焰已经开始燃烧，黑暗使者已经降临，如影随形……'这都是些什么啊？谁写的诗吗？这么高深复杂？"她每念一句话，韩圣燮的眉头就紧锁一分，看得闻人唯紧张得心都揪了起来。

"韩圣燮，到底发生了什么事啊？你们怎么一个个都是这种表情？"

韩圣燮没有答话，继续往下翻看，但看到笔记本后几页那些让人眼花缭乱的蝌蚪文时，他也不得不一筹莫展地停住了手。

"小唯，这件事你还是不要知道比较好。"凌步翡朝她笑笑，又轻声对韩圣燮说，"阿燮，可能只是恶作剧而已，你不要太担心了。"

第三章 03
一封来自地狱的邮件

"怎么回事？你们到底在说什么啊？"月琦蔓嚷嚷着。

"不，"卞青窈突然开口，她抬起头来，神色坚定道，"阿燮，你也看出来了吧？就算那封邮件是恶作剧，可这个笔记本和里面的手迹却是货真价实的。根据我的判断，这个笔记本应该有一百年以上的历史了，没有人会拿这种东西来开玩笑的。"

"一百年？"闻人唯倒吸一口冷气，这个普普通通的破本子，居然是一百多年前的东西。

韩圣燮没有吭声，默认了卞青窈的话。这下闻人唯着急起来："哎呀，你们到底在说什么？我半懂半不懂的，好急啊！"

凌步翡苦笑一声，他伸手摸摸她的头："跟我过来。"

韩圣燮和卞青窈两个人都是学霸，月琦蔓也是学校里数一数二的高才生，他们三个人很快就聚在窗边，研究起黑色笔记本里的蝌蚪文来。闻人唯和月琦蔓则跟着凌步翡走到办公桌前。

凌步翡将桌上的电脑显示屏扳向她们："我们风纪部每天都会收到很多学生发来的邮件，反映社团和学校的风气问题。今天早上，我们收到了一封匿名邮件，是一个自称'E'的人给我们发来的。"

"E？"闻人唯疑惑地问，她还没来得及开口追问，就被兴奋的月琦蔓用扇子敲了一下头。

"哇！闻人唯你看！"

电脑屏幕上，一幅黑色的卷轴缓缓展开，背景图案是血红鲜艳的花朵，一行行鲜红色的动态字从卷轴上显现出来，别提多刺眼了！

亲爱的圣樱学院风纪部成员们：

好久不见，别来无恙。

我知道收到这封邮件，你们一定会认为是恶作剧，可是看到我托韩圣燮小女朋友送来的礼物，你们的疑虑应该打消了吧？

看到这里，我提醒你们不妨想一想至今为止在学院内流传过的种种校园传说，难道你们真的认为，这些全都是虚构的吗？蔷薇魔女不存在吗？圣玛丽女子学院和圣樱学院的敌对是偶然吗？你们以为这所学校，真的像大家看到的那样一派祥和吗？

那些不为人知的角落，发生过多少黑暗和犯罪，被隐藏起来的真相，也终会有大白的一天！

现在我宣布,复仇者"E"已经归来,你们即将遭到这个世界上最可怕的报复!

我诅咒这传承百年的圣樱学院,即将不复存在!你们这虚伪的风纪部,也将被自己保护的学生们亲手推翻。到时候,所有人都会沉浸在悔恨中,永永远远!

复仇的火焰已经开始燃烧,

黑暗使者已经降临,如影随形,

如同殉道者渴望那不朽的荣光。

如果有能耐,就来阻止我吧!

来自地狱的使者 E

读完邮件,闻人唯陷入了沉默。明明现在还是傍晚时分,气温不算低,落到地平线下的太阳透过玫瑰色的云彩,向人间释放出最后的光与热,可她却感觉不到丝丝暖意,反而后背一片冰凉。

"这都是些什么?"月琦蔓拼命搓着自己的胳膊,"看得我心里毛毛的,起了一身的鸡皮疙瘩!"

闻人唯回过神来,眨着眼睛,充满了担心:"真的有人要在学校搞破坏吗?看他对圣樱学院如此熟悉,不会是我们认识的人吧?"

"有可能。"凌步翡点点头,"但学校的老师和学生我都认识,没有见过谁对风纪部和学院有这么大的不满……"

2

"喊,你们圣樱学院怎么这么多麻烦事?之前造谣说我失踪了的那个人也还没找到吧?搞不好这就是同一个人。"月琦蔓不耐烦地拿起扇子扇了起来,随口说道。

一瞬间,闻人唯和凌步翡的目光汇聚在了月琦蔓身上,把月琦蔓吓了一跳:"看我干吗?"

"月琦蔓,我发现你真的很聪明!"凌步翡夸赞道。

之前发月琦蔓失踪的造谣短信的人,大家寻找了很久的线索,也没结果。月琦蔓这么一说,竟然不无道理。

接着,月琦蔓又提出了一个新想法:"这个叫'E'的人说我们圣玛丽和你们圣樱的过节儿不是偶然,仔细想想,好像的确如此。"

"没错。"结束了讨论的卞青窈听到,走了过来,"我曾听已经毕业的学姐说过,以前圣樱和圣玛丽之间的关系还是挺好的。"

"不会吧?"闻人唯震惊地瞪大眼睛,"我怎么每次看到圣玛丽学院的女生,她们都是冷嘲热讽,非要争个你死我活呀!"

"是因为幻花少女大赛吧。"月琦蔓突然插话,"我们前任会长说过,最开始的幻花少女大赛,只是两所学院之间的一种友谊活动而已。突然有一年,不知道怎么回事,两所学校因为比赛,在网络上展开了一场口水大战。"

"然后呢?"闻人唯追问。

"然后关系就变差了。"月琦蔓神情严肃,接过了话头,"我之前查过,但那场网络论战发生在三年前,我们都还没来这所学校,因此没查到什么。而那一年,圣燮的爷爷恰好离开了学校去环游世界。我们怀疑,这场网络口水战是有人故意引发的。"

"你是说,有人在背后故意抹黑两所学校,挑起争端?"那种背脊发凉的感觉又来了,闻人唯迷迷糊糊的脑子里忽然闪过了一道白光,"这个人就是'E',他在三年前就开始策划这种事了!"

"如果是真的,那这个人就非常可怕了。"月琦蔓的表情难看了起来。

屋内陷入了一片寂静,空气仿佛停止了流动。闻人唯情不自禁地看向韩圣燮,他并没有参与大家刚才的讨论,而是在认真地研究着那个黑色笔记本,橙色的夕阳照在他俊美的脸上,沉静而美好。

闻人唯心中的惶恐忽然平静了下来,韩圣燮就是有这种魔力,只要看见他的身影,

她就会觉得不论出现什么难题,都能得到解决。

"不用担心,"月琦垩打破了寂静,"这些圣燮都想到了。他还怀疑我们学校蔷薇魔女的传说,是有人在背后捣鬼,我们会把这件事调查清楚的。"

"好了。"韩圣燮收起笔记本,转过身来,"这件事你们就别操心了,交给我们就好。"

闻人唯一怔:"那怎么行!这笔记本可是我送过来的,我有权利和你们一起调查!"

"特别是你,"韩圣燮没给闻人唯抗议的机会,伸出修长的手指,弹了弹她的额头,"既然知道了这是'E'对我们发出的挑战书,我就更不能放任你加入调查了。你只要一着急就冲动做事,九头牛都拉不回来,这样很危险的!"

"我……我绝对不冲动!"闻人唯赶紧拍着胸脯保证,"真的!这次一定好好听你们的安排!"

"不行。"

"韩圣燮!你如果不让我加入,就把笔记本还我!我自己查!"

"你都要自己查了,还说不会冲动?"韩圣燮的脸色沉了下来,黑曜石般的眼睛里带上了淡淡的愠怒。闻人唯知道韩圣燮说的没错,但在其他人的围观下,她又羞又怒,心底无端地涌上了一股委屈。她狠狠地瞪了韩圣燮一眼,脑子一热,喊道:"我就知道,你……你就是把我当外人!不是你们风纪部的人,你都不会相信!"

"闻人唯!"

韩圣燮重重地叫出她的名字,看起来是真的生气了。大家面面相觑,尴尬得不知所措。

思量了一下,凌步翡出声解围:"咳,阿燮,不要生气嘛。小唯也是关心我们,所以才……"

"你要维护她到什么时候?"

令所有人都没想到的是,韩圣燮居然一反常态,连凌步翡一起责备起来。他的目光锐利,落在凌步翡的脸上,闪过一丝不悦:"就是因为你总是这样纵容她、惯着她,所以她才常常惹祸!"

凌步翡的表情一下子僵硬起来。

"原来你早就嫌我烦,嫌我惹祸……"闻人唯的小脸涨得通红,她的怒火迅速被点燃,"噌噌"地升腾到了最高点,她狠狠地剜了韩圣燮一眼,夺门而出。

"以后你们风纪部的事,我再也不管了!"

第三章 03
一封来自地狱的邮件

3

距离上次闻人唯从风纪部摔门离开，已经过去一周了，卞青窈和月琦蔓都来安慰过她，连最近神神秘秘、总是不见人影的艾蜜橘也在网上发来了慰问，可偏偏那个罪魁祸首韩圣燮，却居然一点点表示都没有！她真是想不通，道个歉有那么难吗？就算知道他很忙，但发个微信、打通电话来哄哄自己的时间还是有的吧……

"闻人唯，今天下午是一个月一次的社区活动，你要和我们一起去军事博物馆吗？那里有很多战争武器陈列和历史记录哦！"

中午下课后，闻人唯正一边腹诽韩圣燮，一边无精打采地收拾书本，准备去吃午饭。忽然"小雀斑"向她走来询问道，身后还跟着好几个同学，其中就有那个曾经质疑过"小雀斑"散播都市传说的女生。

"小雀斑"一脸斗志昂扬："韩小美还是不相信我说的圣樱学院的传说，所以我决定带大家去亲自去感受一下历史。我还千辛万苦拜托韩圣燮学长前来解说，他以前可是在军事博物馆里当过义务讲解员，肯定比我说的好多了。你和他关系那么好，一起去听听呀！"

"啊……好吧。"闻人唯本来对战争武器没有一点儿兴趣，但听到韩圣燮的名字，犹豫了几秒，勉强答应了。她好几天都没见到韩圣燮了，打算借此机会跟他和好。

宝星市的军事博物馆，在离圣樱学院比较远的郊区，一行人坐地铁过去。闻人唯东张西望都没看到那个熟悉的高大身影，憋了半天，忍不住问道："不是说韩圣燮会去吗？他人呢？"

"我前几天邀请韩圣燮学长的时候，他觉得这个活动很有意义，决定要带着风纪部所有成员一同参加。所以他应该上午就过去了吧。""小雀斑"不以为意地说。

闻人唯点了点头，心中升起了暗暗的期待。

宝星市军事博物馆，是一座巨大的灰色钢铁建筑，外表恢宏庄严，设计朴素简单，充满年代感。建筑前的广场，立着一座两米高的方碑。

"这是什么？"韩小美绕着方碑看了一圈，"上面怎么都没有任何图案和字啊？"

"这是无名碑。"一个低沉醇厚的男声从众人身后响起，韩圣燮走到大家面前，俊朗的眉目间带着深沉的肃穆，"一百年前的世界大战虽然我们都听老师讲过，但真实历史远远比你们想的要可怕得多。圣樱伯爵的故事，'小雀斑'同学想必都已经跟

你们提过。他的到来虽然繁荣了宝星市,但他一直为邪恶的一方默默提供武器和金钱上的支持。而在一百年前的世界大战上,宝星市牺牲了无数英勇的战士,他们有的甚至连名字都没留下,因此这里立了一块无名碑用来祭奠他们。"

看到韩圣燮出现,闻人唯刚想说些什么,"小雀斑"和几个女生热情地拥到韩圣燮面前,七嘴八舌地打起了招呼。紧接着,在一旁听到韩圣燮讲解的,来参观博物馆的一群游客也围了过来,以为他是博物馆的讲解员。

"讲解员先生,你能给我们去讲讲武器馆里面的武器历史吗?"

"我最喜欢研究古早时期的武器了。"

"一百年前的飞机和枪炮,我还只在电影里见过呢。韩学长,请带我们去武器馆里看看吧!"

错失了谈话的机会,闻人唯只得亦步亦趋地跟在人群后面,一起往武器馆走去。一进门,她就被展馆里各色各样的武器震慑住了,"小雀斑"和韩小美围在一辆锈迹斑斑的装甲机车旁讨论起来。

"我的天,这是坦克吧?一百年前就有坦克了?"

"废话,现在都二十一世纪了,坦克的历史当然这么久啦。"

"哎!你看,韩学长身后那架飞机!"

闻人唯顺着"小雀斑"手指的方向看去,一架双层机翼的老式飞机停在不远处,韩圣燮在朗声讲解着。

"这种飞机,在世界大战时被作为侦察机使用,因为是一对名叫瓦赞的兄弟发明的,因此也被称为瓦赞飞机。大家都知道,一百年前的条件非常艰苦……"

韩圣燮站在飞机前,屋顶的射灯发出淡淡的白色光芒,将他高大的身影笼罩其中。这里仿佛是他的舞台,他的讲解生动有趣,妙语连珠。闻人唯从来都不知道,韩圣燮居然还有这样博学的一面,整个人散发着睿智的光芒,让她看呆了。

工作日的军事博物馆,游客并不多,三三两两的分成几组,几个风纪部的成员带领着做义务讲解。韩圣燮这边聚集的人最多,还有两位金发碧眼的外国女生也走过来围观。韩圣燮注意到她们,贴心地把刚才说的内容用英语简述了一遍。

"韩学长好厉害啊……"站在闻人唯身旁的韩小美感叹道。

这时,韩圣燮忽然穿过人群,走到闻人唯面前:"这位同学,来摸一摸这架飞机。"

闻人唯还没反应过来,便被韩圣燮不由分说地拉着走到了飞机边,他把她的手轻轻放在了飞机上。顿时,凉凉的触感从掌心一直蔓延到闻人唯的心中,沁出一股淡淡

第三章
一封来自地狱的邮件

的甜。

"这架飞机是1∶1仿制品,很坚固,不用担心把它摸散架了。"随着韩圣燮的解说,大家发出轻松的哄笑,都好奇地伸手去摸飞机的机身。

"你们有什么发现吗?"韩圣燮看向闻人唯。

闻人唯被看得害羞起来,不好意思地挠了挠头发:"这架飞机是木头做的。"

"没错。"韩圣燮赞许道,"最初的侦察机是木质结构,并不牢固。每一任飞行员都是冒着极大的危险完成任务……"

不知怎么,望着韩圣燮认真讲解的样子,闻人唯油然生出一股自豪感。

韩圣燮的讲解激发了大家极大的兴趣,游客们纷纷提出问题,那两个外国女生也用英文提问。也许是习俗不同,在韩圣燮回答完之后,其中一个高挑漂亮的女生兴奋地贴了贴他的脸。

闻人唯眼珠子都要瞪出来了,见韩圣燮没有拒绝的意思,她忽然感觉胸口很堵,干脆转身离开,独自逛了起来。武器馆的展厅很大,她左看看右看看,一路向展厅深处逛去,直到展厅的一个角落。

"咦?这个是什么?"

展厅的角落里,放着一座灰扑扑的、毫不起眼的钢铁堡垒,形状像一口大钟,但在顶端有一个计数表,灰黑色的外壳上用红漆刷着一串数字编号。

"小雀斑"不知道何时走到了闻人唯身边,她激动地指着这座钢铁堡垒:"啊!这个,这个我知道!我以前在纪录片上看到过,这是百年前研发出的武器,在当时是最先进的。一共才两枚,其中一枚实验性地投放到邻市的战场上,其威力摧毁了一整个城市!"

"这么恐怖?"闻人唯本来伸手要摸,吓得顿时缩回了手。

"怕什么,这个也是仿制品啦!只有一个壳而已。""小雀斑"耸耸肩,"有传闻当年就是圣樱伯爵投资制作的。不过用了一枚以后,剩下的一枚就显得非常珍贵了,他们想等后续武器研发出来,所以打算留着到迫不得已的时候用,结果到战败都没再用过。"

"真的假的?这么玄乎?"

被闻人唯这么一问,"小雀斑"有些犹豫起来:"我也不确定了,这都是我小时候在电视上看到的。韩圣燮学长博学多才,肯定知道,我们去问问他吧!"

说罢,"小雀斑"拉着闻人唯就去找韩圣燮,两个人刚走到展厅中间,便看到他领着那两个外国女生走出武器馆大门,留下一个渐行渐远的背影。

"怎么回事?韩圣燮学长怎么走了?""小雀斑"莫名其妙地问。

一直听讲解的韩小美摇了摇头:"那两个外国女生说她们迷路了,非要韩学长送她们回酒店,韩学长推托不过就只好去了。"

搞什么?看样子是他自己很乐意去吧!闻人唯瞪着韩圣燮的背影,怒火遏制不住地冒了出来。

4

第二天,闻人唯偷偷地在心里告诉自己,只要韩圣燮来找她解释,她就原谅他,可是等了一天,他也没有出现。放学后,正好轮到闻人唯值日,同学们都走完了,空荡荡的教室里只剩下她一个人。看着满满一大桶垃圾,她发起愁来。

要是韩圣燮在就好了……

脑子里刚刚冒出这个念头,她就赶紧甩甩头。算了,谁要他帮忙?她自己也可以!

闻人唯捋起袖子,吃力地提起垃圾桶,朝操场尽头的垃圾站走去。半人高的垃圾桶实在是太碍事,她没有看清前面的路,突然踩到一颗小石子,整个人朝前面栽去。

"小心!"

突然从身后伸出一只手,揽住了闻人唯的腰,这才把她从跌进垃圾桶的危险中解救了出来。

"呼……好险。"闻人唯心有余悸地拍了拍胸口。

"怎么?你还没和阿燮和好啊?"带着调侃的声音从闻人唯的耳边传来,她委屈地转过头瞪了凌步翡一眼。意识到自己说错了话,凌步翡摸摸高挺的鼻梁:"咳咳,我来帮你吧。"

倒完垃圾,清扫完教室,锁好门,值日总算做完了。闻人唯无精打采地准备回公寓,凌步翡突然开口:"我刚刚路过学校外面,发现街角开了一家很不错的可丽饼冰淇淋店,怎么样,我请你吃吧?"

"吃什么冰淇淋……"闻人唯兴致缺缺,转身就要离开。

凌步翡长臂一伸,拦住了她:"喂,我可是放弃了篮球队的训练,特地陪你哎!给点儿面子呗!"

半个小时后,闻人唯还是和凌步翡坐在了学院小花园的凉亭里面,吃着他跑去买来的可丽饼冰淇淋,甜甜的松饼伴随着草莓冰淇淋丝滑的口感在嘴巴里融化,刹那间她的眼睛一亮。

"好吃!"

凌步翡帅气的脸上挂起了笑容:"据说吃甜食会让人心情变好,怎么样,心情好多了吧?"

"嗯,谢啦!"

吃着香甜的可丽饼,闻人唯的目光却不由自主地瞥向了不远处体育馆的顶楼。那

里有间温室花房,一直由韩圣燮精心照料,不知道他现在在做什么……

"别郁闷啦,阿燮也不是故意不来找你的。"凌步翡以为她还在生气,安抚地说,"这些天,他一直在和青窈他们一起研究你那个笔记本,就连上课也常常被耽误。他以前就算生病,也从没缺过课。"

"谁要管他。"

虽然嘴上这么说,闻人唯还是竖起了耳朵,想要多听听这几天韩圣燮在干吗,可惜凌步翡以为她真的不想听,话题一转,说起了别的。

明明是个大男生,凌步翡却从女生们喜欢的小说、漫画、电视剧,一直说到流行的衣服款式和小吃店,似乎没有什么他接不上话的,特别是闻人唯喜欢的手工,他居然也能聊上几句。

闻人唯禁不住发自内心地评价:"凌步翡,你真是个合格的'少女之友'啊!"

"少女之友?"凌步翡愣住了,脸色变得有些难看,他故意咬牙切齿地说,"还真是谢谢你!给了我这个评价。"

"嘿嘿……"闻人唯吐了吐舌头,忽然想起被自己忽略的一个人,"对了,那个交换生最近在干吗?之前不是很高调的吗?"

"最近也很高调啊!"凌步翡咬了一口手里的可丽饼,"这些天所有女生的话题都是他,他当我们风纪部不存在一样,骑着马上学,上课纠正老师的英语发音……现在已经完全成了学院的风云人物。"

"这么厉害?"

"还不止。听说白兰度有个怪癖,很讨厌晒太阳,所以喜欢晚上出来闲逛。白天若不是要上课,他根本不会出门。就算如今马上进入夏天,他也不肯脱下冬装校服,把自己包裹得严严实实的。"

"他不怕中暑吗?"闻人唯无法理解。

"但女生们觉得这样很帅、很神秘啊!说什么像血族王子……"凌步翡摊了摊手,"还给他取了个外号——夜间美少年。"

"扑哧!哈哈哈……"闻人唯一下没忍住,笑出声来。

正在这个时候,一个清脆的女声突然冒了出来,声音里带着无法掩饰的愤怒,盖住了闻人唯的笑声。

"什么夜间美少年!我看他就是个吸血鬼!"

闻人唯惊讶地回过头,发现不知道什么时候,卞青窈站在了他们身后,她那张清丽的脸庞上满是怒火，拳头也攥得紧紧的。

见她这个样子，凌步翡忍不住无奈地叹了口气："唉，青窈，你这是何必……"

看到卞青窈出现，闻人唯下意识地错开视线，寻找起韩圣燮的身影。凉亭不远处，果然站着那个熟悉的高大身影。小花园中间的林荫小路是一条去往教学楼的捷径，韩圣燮和卞青窈常常为了抄近路，经过这里。

刚刚韩圣燮似乎朝这边看了一眼，应该看到她了吧？

怎么办？他走过来时会说什么？她是不是应该矜持一点儿？

经过这么多天的冷战，闻人唯已经在心里原谅了韩圣燮，再说那天的确是她太冲动。她暗暗下定决心，待会儿等韩圣燮走过来时主动打招呼。

"哼！"

提到白兰度，卞青窈对好友凌步翡也没了好脸色，冷冷地哼了一声，转身离开了。韩圣燮见卞青窈走了，也大跨步地跟了过来。

近了，近了……

深吸一口气，闻人唯扬起笑脸："韩……"

她的话才开了个头，就卡在了喉咙里。

韩圣燮那张俊美的脸上像覆盖着一层寒冰，黑框眼镜背后的眸光半点儿温度也没有。他仿佛压根没看见她，径直走了过去！

看着韩圣燮渐渐远去的背影，闻人唯一口气提不上来，憋得满脸通红。

"韩圣燮！你给我等着！"

第四章

传说中的月光古堡

1

韩圣燮一定是故意的!

他这么忽视她,到底什么意思?

花园里种植的蔷薇竞相绽放出娇弱可爱的花朵,在暗下来的天色中隐隐透出淡薄的粉。而闻人唯此刻的心情,在这美景的衬托下,更显黯淡。她郁闷得连晚饭都不想吃了,拒绝了凌步翡的邀约,窝着一肚子火回了宿舍。

闻人唯刚打开电脑,登录了QQ(一种即时通信软件),电脑屏幕右下角的企鹅就开始跳动起来,是艾蜜橘在问她和韩圣燮现在怎么样了。她气不打一处来,"噼里啪啦"地打了一大段话,准备向艾蜜橘倒倒苦水。大概是见她久久没有回话,艾蜜橘又发来一句消息:

【蜜糖爱橘子:其实,我最近知道了一个大秘密,一直在犹豫要不要跟你说。】

闻人唯一怔,打字的动作停了下来,艾蜜橘的话让她心里痒痒的。这些天,艾蜜橘一直没有去学校,不过她向来神神秘秘,常常请假,所以也没人在意。但闻人唯好奇很久了,艾蜜橘到底在干什么?

想了想,闻人唯删掉之前那一大段诉苦的话,发问:

【迦蓝一枝花:什么秘密?快说快说!】

过了好一会儿,艾蜜橘才回话:

【蜜糖爱橘子:算了,现在还是不说了,电脑上不安全。明天吧!明天在月光古堡,我再亲口告诉你。】

【迦蓝一枝花:等等!别逗我啊,我没说明天要去月光古堡啊!】

【迦蓝一枝花:蜜橘!把话说清楚再走啊!】

【迦蓝一枝花:真走了?我……】

艾蜜橘的橘子卡通头像一下子暗了下去,闻人唯一惊,不死心地追问了好几句,都没有得到回复。看来艾蜜橘是真的下线了。

"这浑蛋丫头,是想让我今天晚上睡不着啊……"

她推开电脑,找了好久,才从书包的底层翻出那张被她遗忘的邀请卡。高档的黑色纸片已经皱巴巴的了,烫金也被蹭得东一块西一块,好歹里面的内容还是看得清的。

第四章 04
传说中的月光古堡

亲爱的闻人唯小姐：

很荣幸，我能有这个机会通知尊贵的您。

本月十一日，宝星市古月街1号月光古堡，将举行一场盛大的派对，派对时间将从上午9：00一直持续到晚上宴会结束。

本人将在府邸，恭候您的大驾光临。

您忠实的朋友　白兰度

本月十一日，就是明天啊……难怪蜜橘说明天在月光古堡等她。闻人唯摸了摸下巴，直觉艾蜜橘要说的内容和白兰度有关。

要不要告诉韩圣燮呢？

这个念头只在闻人唯的脑海里一闪而过，立马就被她否定了。呸呸呸！这是蜜橘要告诉她的事，跟那家伙有什么关系？

虽然他严禁她掺和这件事，但他可管不了她去哪儿，也阻止不了她偷偷调查白兰度。

"哼！你越不爽的事，我越要干！"闻人唯赌气地说道。

明天的月光古堡，她去定了！

第二天，根据邀请卡上的地址，闻人唯来到了传说中白兰度的府邸——月光古堡。从公交车上跳下来，她一眼就看到不远处的建筑物，忍不住倒吸一口凉气。

白兰度真的把这座古堡给买下来了吗？那得多有钱啊！

巍峨峻拔的灰色古堡，哥特式风格的尖尖屋顶，雕刻着古希腊神祇的露台；古堡前有一片不大的湖泊，湖水清澈见底，泛出粼粼波光；隔着镂空金雀花的雕花大门，可以看见古堡后的一大片茵茵绿草。现在近中午时分，欢声笑语遥遥传来，伴随着隐隐约约的食物香味。一群人聚集在草坪上，正享用着厨师现做的美味烧烤。

"小唯！"

忽然背后传来熟悉的声音，闻人唯扭头一看，竟然是原葵斗。这是她第一次在学院外面看见他，难免惊讶。原葵斗穿着一件轻薄的蓝色丹宁牛仔衬衣，上面泼洒着星星点点的柠檬黄油漆，洋溢着一股青春活泼的气息。

"哇！阿葵，你今天看起来很有精神嘛。"闻人唯衷心地夸赞道。

"是……是吗？"原葵斗不好意思地挠挠头，耳根都红了，"你……你也是，今

天也很漂亮。"

"走吧，一起进去。"闻人唯伸出手就要拉着原葵斗走。

原葵斗露出几分为难的神色，说："对不起啊，小唯。我以为你不来呢，所以答应了别人……"他的话还没有说完，一辆出租车就在路边停下，几个打扮得很时髦的女生从车上走了下来。

"不好意思，阿葵，我们来晚啦！"

"走吧走吧！久等啦！"

闻人唯目瞪口呆地看着原葵斗迅速被女生们包围，其中一个梳着丸子头的女生警惕地瞪了她一眼，不客气地说："阿葵，不是说好了和我们一起来的吗？你不会又答应了别的女生吧？"

"没有没有，我……"原葵斗连连摆手，心虚地看了看闻人唯，不敢答话了。

"我没有和阿葵约好啦，只是在门口碰到，聊了会儿天而已。"闻人唯看不下去，替原葵斗解了围。

有了闻人唯这句解释，女生们不再说什么。原葵斗给了她一个抱歉的眼神，被半拖半拽地拉走了。

"想不到，阿葵也这么受女生欢迎啊……"远远地看着他们离去的背影，闻人唯不禁感慨。

这时，一只纤细柔软的小手搭上了她的肩膀，说道："那当然，原葵斗减完肥以后变好看了，肯定受欢迎啦！"

"蜜橘！"

听到这道声音，闻人唯兴奋地转过身。果然，出现在她眼前的是艾蜜橘那张可爱的小脸。艾蜜橘穿着白色的一字肩公主上衣，搭配碎花蓬蓬裙，微卷的长发扎成半丸子头，鬓边别着一枚漂亮的樱花发卡，显得可爱极了。

2

闻人唯看了看自己身上随便穿的一条衬衣裙，还套了一件非常不搭调的姜黄色风衣外套，忽然后知后觉地意识到，除了她，来到这里的每一个人，都精心打扮了一番。

不过，她并不在乎这个，一双眼睛闪着好奇又期待的光芒："蜜橘，你说要告诉我的那个秘密……"

"等等！"艾蜜橘赶紧拦住了她，警惕地左右看看，"走，我们进去再说。"

虽然不太明白艾蜜橘为什么这么紧张，但闻人唯还是听话地闭上了嘴巴，跟着艾蜜橘走进了月光古堡。

一进门，闻人唯就光顾着睁大眼睛观看月光古堡了。华丽的回廊上，每隔十几米，就有一位穿着笔挺制服的用人垂手而立，等待着客人们的吩咐；高高穹顶上画着一幅幅美丽的壁画，为古堡内增添了浓厚的艺术气息；空气中弥漫着淡淡的花香，五月微热的天气，古堡内的温度却凉爽适宜。

穿过古堡，来到古堡后的天然草坪上。近处，三三两两的人围在一起享用着食物；而远处，用木栏杆隔成几条跑道，几匹高大的马儿静静地站在跑道尽头。很多同学边兴奋地围观，边叽叽喳喳地议论着。

闻人唯想要去围观马儿，却被艾蜜橘拦了下来。

"哎呀，你去哪儿？"她那张巴掌大的小脸上满是兴奋，"快跟我来，待会儿有的是时间看啦！"说着，她拉着闻人唯往近处的自助餐桌走去。

长桌上摆满了诱人的食物，香甜可口的草莓蛋糕、鲜红欲滴的大樱桃、烤得金黄的小羊排……即使吃过早饭不久，闻人唯也觉得自己又饿了。

艾蜜橘牵着她的手，小心地避开和他们擦肩而过的人群，走到最偏远的供人休憩的长椅处。这里是最清净的所在。

"好了，就在这里吧。"艾蜜橘深吸一口气，双手搭上了闻人唯的肩膀，"小唯，接下来我的话，可能你会觉得很奇怪，很匪夷所思，可你一定要相信我！我说的全是真的！"

见艾蜜橘一脸凝重，闻人唯紧张起来："什……什么？什么真的？"

"你还记得吗，我哥哥失踪的事？"艾蜜橘深深地注视着她的眼睛，"我找到线索了！他果然没死，他还活着！"

"什么？"

闻人唯吓得大叫起来，被艾蜜橘一把捂住嘴巴。

"嘘！别那么大声！不要引起别人注意！"艾蜜橘心虚地转动着眼珠，发现没人注意到她们，这才松了口气。

"到底是怎么一回事？你不是找了好几年都没有头绪吗？你哥哥他回来了？"闻人唯压低声音，连珠炮似的发问，艾蜜橘头痛地做了个暂停的手势，开始慢慢解释。

原来，五年前艾蜜橘的哥哥神秘失踪后，居然奇迹般地出现在遥远的欧罗巴大陆，而且还进入了当地最有名的卡罗伊斯学院，重新念起了初中。卡罗伊斯学院是一所以严格的军事化管理著称的学校。起初，同学都看不起单薄瘦弱的艾晴渊，但他在新生军训中夺得了各项全能第一名，还在校运动会上打破了卡罗伊斯学院男子铁人三项的纪录，让大家刮目相看。当时也在卡罗伊斯学院念初中的白兰度没有因为艾晴渊瘦弱的外形瞧不起他，反而几番出手相助，两个人因此成为了朋友。

"那他为什么不跟你联系？"闻人唯不敢相信。

"我也不知道。"艾蜜橘摇摇头，但对白兰度的话坚信不疑，"哥哥这么做一定有他的道理，要不是这次白兰度来我们学校，我还被蒙在鼓里呢。"

"可是……"闻人唯蹙起眉头。

艾蜜橘并不知道白兰度在风纪部掀起的轩然大波，闻人唯想了又想，还是决定不把卜青窈和白兰度的恩怨说出来，毕竟她也是才知道他们是在同一家孤儿院长大的，没有经过允许，不好随随便便说出青窈的隐私。

"哥哥从小就是公认的天才，他在卡罗伊斯学院，每学期都能拿到最高奖学金。"说起哥哥，艾蜜橘的语气十分自豪，然而很快，她的声音又低沉下来，"但是后来不知道发生了什么事，他又从卡罗伊斯学院离开了。白兰度一直和哥哥保持着邮件联系，他们也会互相分享一些生活和学习上的事。"说到这里，艾蜜橘停了下来。

"然后呢？"闻人唯追问。

"然后，"艾蜜橘顿了顿，"三个月前，哥哥和白兰度的联络突然断掉了，不管怎么发邮件都没有回音。白兰度担心他的下落，所以才决定申请来圣樱学院做交换生。"

"什么？你是说……白兰度是为了你哥哥来的？"

这理由听起来也太奇怪了吧？根据卜青窈所述，白兰度根本不是这么义气热血的人啊。

然而在艾蜜橘眼里，他是一个重情重义的朋友。听说朋友的妹妹在圣樱学院念书，为了寻找朋友，不远万里来到这里。

第四章 04
传说中的月光古堡

"放心吧!很快我就会找到哥哥的!"艾蜜橘信心十足,绽放出灿烂的笑容。

闻人唯还想问些什么,这时远处忽然爆发出一阵欢呼声,伴随着阵阵鼓点,顿时打断了她的思路。

"啊!好帅啊!"

"这个是盛装舞步吧?这个我知道啊!"

"我也想试试,好酷哦!"

3

距自助餐桌不远的地方，白兰度穿着黑白相间的骑装礼服，戴着英式小礼帽，正和几个骑手骑在马上，一同表演"盛装舞步"。整齐划一的步调，训练有素的动作让在场女生都发出了尖叫。他脱下礼帽朝观众们轻轻鞠了一躬，金发在阳光下很是耀眼。闻人唯也只在电视上看过这种马术表演，也难怪大家会被吸引。

"小唯，我把自己最大的秘密都告诉你了！"艾蜜橘一把抓住闻人唯的手，将她的注意力拉了回来，"答应我一件事好不好？"

"什么？"

"关于我哥哥的事，你先替我保密。"

"为什么？"闻人唯无法理解，"难道不是应该先告诉风纪部，让他们也帮忙找人吗？"

"不行！"

没想到，闻人唯的提议遭到了艾蜜橘的激烈反对，她不由得一怔。

艾蜜橘神秘兮兮地靠过来，压低声音："现在还不行，我觉得最近学校里的氛围很奇怪，有些事说不出来地古怪，这个时候还是不要节外生枝。"

"古怪？什么古怪？"

"你不觉得吗？什么蔷薇魔女，月琦蔓失踪的谣言……"艾蜜橘的小脸皱成一团，"哎呀，反正我也说不清。我总觉得现在有人在暗地里策划着什么。说不定哥哥不告诉我他还活着，也是这个原因，他害怕有人对他不利！"

"不会吧……"闻人唯刚想要嘲笑艾蜜橘紧张过头，可不知道怎的，脑海中忽然浮现出在风纪部看到的那封可怕的邮件，还有那个黑色笔记本里关于"复仇"的诗句。

"相信我，我的第六感很准的！"以为闻人唯不相信，艾蜜橘有些着急地保证。

闻人唯惊疑地看着她，咬了咬嘴唇，道："好吧，我答应你。"

"真的？太棒了！"艾蜜橘高兴地蹦跶了两下，"小唯，你真好。这件事从我知道起就想告诉你，今天终于说出来了，真痛快呀！"

"你是痛快了，要保密的我就郁闷了……"闻人唯无奈极了。

聊完这个话题后，艾蜜橘便兴冲冲地去找白兰度了，想从他口里听说哥哥更多的消息。

第四章 04
传说中的月光古堡

见艾蜜橘如此开心，闻人唯更难开口说卞青窈和白兰度之间的恩怨了，可她又不愿意跟艾蜜橘一起去找白兰度，便独自百无聊赖地在月光古堡里乱逛起来。

月光古堡实在太大，装潢美轮美奂，陈列的艺术品也让人眼花缭乱，对于喜爱手工制作的闻人唯来说，那些绚丽而又充满异域风情的细密画、房间里镶着金色边框的精致壁炉、欧式富丽堂皇的法兰绒沙发……怎么看也看不厌。

"真的要这样吗……可是……"

隐隐约约的男声从闻人唯头顶上方的楼梯传来，她好奇地抬头看去，惊喜地喊出了声："步翡！阿葵！你们怎么在这里？"她一个人实在有点儿无聊，因此看到他俩难免雀跃。

正在交谈的凌步翡和原葵斗闻声同时看过来，发现是闻人唯后都表现出很惊讶的样子。

"小唯，你怎么在这里？"凌步翡上下打量着她，"你在这里待了很久了吗？"

"是啊，我没事干，在这里乱逛半天了。你们怎么会在一起？在聊什么啊？"

原葵斗先开了口，一副惊魂未定的模样："那些女生太恐怖了，我想躲掉她们，是凌步翡学长救了我……"

闻人唯"扑哧"一声笑了出来，看来，阿葵到现在也没适应被女生们包围的感觉啊。

还没聊两句，凌步翡有事就先行离开了，而原葵斗被追过来的女生给拉走了。闻人唯还没来得及多高兴几秒，又剩下她自己了。她只好郁闷地再度闲逛起来，边逛边欣赏着墙上的壁画。

这时，闻人唯路过一幅画风华丽的盛装贵妇油画。画中的贵妇背靠着一架钢琴，手上抱着一只卷毛小狗，神情高傲，黑珍珠般的眼睛仿佛在紧紧地盯着画外的人。她看了两眼，觉得有点儿毛骨悚然，正想离开，忽然发现画布上贵妇背后的钢琴处有一块灰色阴影。

"咦？这里怎么脏了？"她伸手去擦油画，稍一用力，忽然"吱呀"一声，这幅画竟然向后打开了！

这幅油画居然是扇门？

闻人唯顿时吓得浑身汗毛都竖了起来，然而紧随而来的好奇心还是打败了恐惧，她探头探脑地走进了这扇门。借着门外的光，闻人唯看清了房间的情况。这是一间不大的陈列室，很多光彩四射、一看就很贵重的物品陈列在一个个玻璃柜中。看来这里只是白兰度收藏珍宝的房间，闻人唯的视线滑过其中一个陈列柜，一顶光彩夺目的红

宝石王冠深深吸引了她的目光。她往前走了两步，仔细打量着那顶王冠。王冠上正中心的位置，璀璨的红宝石镶嵌成一朵花的形状，银色的底座泛射着冷光，漂亮华贵极了。

不知怎么，闻人唯觉得这顶王冠格外眼熟，好像在哪见过……她思索半天，突然想起来幻花少女大赛前月琦蔓制作的那顶银花王冠失窃了，非说是她偷的，还拿着照片来质问她。这顶王冠不就是月琦蔓拿来的照片中的模样吗？这顶王冠怎么会在白兰度的家里？

闻人唯拍了张王冠的照片，用微信给月琦蔓发了过去，不过几秒，月琦蔓的电话就打了过来。

"我的王冠在你手上？"

"这真的是你的王冠？幸好我记忆力好，还记得你的王冠长什么样。"她把自己无意中闯入白兰度的藏宝库，意外发现这顶王冠的过程说了一遍。

"很奇怪啊。"月琦蔓听完，语气变得凝重起来。

"难道是白兰度偷了你的王冠？"闻人唯猜测起来。

"你笨啊！我的王冠失窃时，白兰度还在欧罗巴呢！不过这件事我要找他当面问问。我报警都找不到的东西，怎么会突然在他家里发现？"

挂掉电话后，闻人唯走出了房间。这次她发现，被自己错认为钢琴上的灰，其实是一个锁孔，不知道为什么这个锁并没有锁上，于是她轻易地就推开了门。

月琦蔓风风火火地赶来，她找到守在陈列室门口的闻人唯，确认了房间里那顶王冠就是自己失窃的那顶之后，面色肃然道："看来这件事还真不简单，我现在就去找白兰度问问。"

"我跟你一起……"

"你别跟来，碍手碍脚。"月琦蔓拒绝道，随即杀气腾腾地离开了。

闻人唯心中忐忑了起来。当初月琦蔓的王冠失窃后，不知谁在学校论坛发了帖子，将根本不存在的她偷窃王冠的过程描述得绘声绘色，所以当时月琦蔓才气势汹汹地找她质问。她虽然学习成绩不好，但一直都遵纪守法、团结友爱，到底是谁这么看不惯她？希望月琦蔓能找到线索，搞清楚偷窃者到底是谁。不然她总有种不安的感觉，说不定哪天，那个人又会出来踩她一脚。

4

月琦蔓的到来，顿时吸引了草坪上所有男生的目光，她没有停留很久，只是跟白兰度单独聊了一会儿之后，就回到了古堡里。闻人唯正坐在大厅的沙发上，看到月琦蔓，立马起身奔过去。

"怎么样？"她期待地问。

月琦蔓摇了摇头："白兰度说那间陈列室里所有的东西，都是这座古堡上一任主人的东西，他买过来时就有了。他还说这顶王冠反正也不是他的东西，我想要可以还给我。"

"他骗人！"闻人唯反驳道，"月光古堡原先不是公有的吗？"

"不，这是有可能的。"月琦蔓抿了抿嫣红的嘴唇，"白兰度告诉我，他是从私人手上买下这座古堡的。不知道出于什么原因，上一任主人虽然拥有这座城堡，但却并没有住在这儿，而是依旧将月光古堡对外开放。"

"可是……"闻人唯还想要说什么，可是脑子里一片空白，又什么都说不出来。这时，走进大厅的几个女生看到了月琦蔓，兴奋地朝这边走过来。

"我得走了，我很讨厌这种宴会，麻烦。"月琦蔓瞥了她们一眼，拍了拍闻人唯的肩，像来时一样风风火火地离开了。

月琦蔓离开后，闻人唯忽然感觉有点儿饿了，来到白兰度家小半天，发生了一堆匪夷所思的事情，让她都无暇顾及肚子。她来到古堡后的草坪，白兰度和他那群骑士团仍然被女生们团团围住，这里是最热闹的所在。

走到自助餐桌前，闻人唯端了比常人分量多三倍的食物，找了个安静的地方，埋头大吃了起来。正吃着，她忽然觉得鼓点和音乐声越来越大，回头一看，嚯！白兰度居然带着他的骑士团，骑着马慢慢地踱到了离她不远的地方！那群女生也跟着过来了。

看着女生们如同被迷了心智一样，闻人唯深感无语。

白兰度朝众人鞠了一个躬，起身看向了闻人唯，朝她眨了眨右眼，翡翠般的眼睛碧绿透亮，说不出的迷人。他将帽子重新扣回头上，一缕金发不羁地从帽檐下露了出来。

"各位同学，现在我要宣布一个消息！月光古堡将从今天开始，开设免费的马术和贵族礼仪课！"

白兰度的话语像一颗小石子，在人群中激起了一圈圈涟漪，大家都蠢蠢欲动，但也有不少的学生顾虑颇多。

"啊!好想学!可是我已经参加了花艺社!"

"对啊,我也参加了戏剧社,风纪部不会允许同时参加两个社团的吧……"

"我也是,好想骑马啊!可是我怕课外时间不够,活动参加不过来!"

面对大家的顾虑,白兰度微微一笑,又大声说:"已经在学院报名参加社团活动的同学不用担心!这些课程只是我私人为大家提供的兴趣课程,想参加的同学不用通过风纪部的允许!"

这下子,闻人唯忍不住开口了:"这不太好吧?建立社团不是都要通过风纪部的考核吗?"想当初,她为了建立复古社,不知道克服了多少困难,说起来都是一把辛酸泪!

没想到,最先拆台的居然是人群中的艾蜜橘:"不要这么认真嘛!人家在自己家里办课程,跟学校也没什么关系啊!再说了,白兰度那么帅……"

"可是……"闻人唯还想说些什么,可是没人再听她说话,大家争先恐后地报起名来。

闻人唯只好收回劝说的意图,打算提早回寝室。忽然,一个熟悉的身影吸引了她的目光,原葵斗被挤在了人群中间,琥珀般的眼睛里闪烁着慌乱无措的光。

"阿葵!这边这边,快过来!"闻人唯赶紧朝原葵斗拼命挥手。

原葵斗看到了她,露出惊喜的神色,转身就要跑过来,这时,一根黑色的马鞭横在了他的身前。白兰度那清亮柔和的声音响起:"这位同学,今天你就来当马术课的第一位成员,给大家示范一下吧。"

一瞬间,原葵斗吓蒙在原地。

"扑哧!"一个梳着公主头的女生笑出了声,"我赞成,就让他先示范一下吧!"

闻人唯一眼就认出来,这个女生是以前戏剧社那群戏弄原葵斗的学生之一。原葵斗吓得脸色惨白,连连摆手:"我……我不行啊……"

狂热的学生们开始在一旁起哄。

"是啊,男生先来示范一下,我运动神经不发达,万一不能做呢?"

"对啊,帅哥骑马,应该很养眼吧!"

大家纷纷伸出手,把原葵斗往白兰度身边推。

原葵斗挣扎着想逃跑,他歇斯底里地大叫起来:"不行啊!我是真的害怕,我从小就怕动物!不要让我骑马啊!"

"别难为他了,我来替他!"

第四章 04
传说中的月光古堡

即使成功减肥让原葵斗从一个无人问津的胖子变成了翩翩美少年,却仍然改变不了他性格懦弱的事实。闻人唯实在看不下去了,虽然她连马都没碰过,但正义之魂不禁熊熊燃烧起来。她突然大吼一声,盖住了现场乱哄哄的人声,然后拨开人群,把浑身发抖的原葵斗拽了出来。

"小唯……"原葵斗的眼睛里盈满了委屈的泪光。

人群的视线一时间集中在两个人身上。

在人群中的艾蜜橘惊奇地发问:"小唯,你还会骑马啊?好厉害!"

"不知道算不算会,虽然我不记得了,"闻人唯挠挠后脑勺,"但是我妈说过,有一年暑假我是在非洲跟她和爸爸一起度过的。她说我很喜欢骑斑马。据说斑马是很难驯化的动物,想来骑马应该难不到哪里去吧?白兰度不是说会教吗?他总不能让第一个学员就受伤吧?这样谁还敢报名加入他的社团。"

"没错,我会保护你的。"白兰度微笑着保证道,闻人唯却从他的笑容里看出虚伪的味道。白兰度一阵腹诽:这可是有名的纯种温血赛马,能跟在野外乱跑的斑马相提并论吗?不过他倒是越来越觉得闻人唯有意思了,名不见经传,倒是有一颗热血过头的心。

"闻人唯,你要当原葵斗的保姆到什么时候啊?自己不会骑马还要硬扛!"公主头女生又开始嘲讽起闻人唯。

"关你什么事?"闻人唯瞪了她一眼,接着走到白兰度面前,拽住他的马辔头:"开始吧。"

白兰度点点头,做了个手势,接着,一位穿着黑色礼服的男管家牵着另一匹马走了过来。这是一匹浑身白色的短毛马,威武高大,在阳光下神采奕奕地踏着步子走了过来,仔细一看,额头上还有一块银色的斑纹。它的身上配着一套崭新的褐色皮质马具,一看就制作精良。

顿时,众人都往后退了好几步,自觉地留出空地给闻人唯和白兰度。白兰度翻身下马,从管家手里接过一顶骑士盔递给了闻人唯:"你骑这匹马。这个是骑师帽,可以保护头部不受伤。"

闻人唯二话不说,接过来就戴在了头上。白兰度想帮她系皮带扣的手悬在半空,他尴尬地咳嗽了两声:"咳咳,那我们先去宽敞点儿的地方吧。"

到了赛马场的草坪上,听完白兰度讲解骑马要领之后,闻人唯点点头:"我明白了。"

"那么就试试看吧!"白兰度微笑着指了指马镫,"我刚刚说过的,踩上去,后

腰和腿用力，然后……"

他话没说完，人群中便发出一阵"啊"的惊呼。只见一道娇小的身影在半空中划过一道弧线，闻人唯姿势漂亮地坐在了马背上。

"是这样吗？"闻人唯拉着缰绳，试探着走了几步，"也不是很难嘛，感觉骑斑马可能更有难度一点儿。"

"小唯，你好厉害！"

"哇！太强了吧，你的运动神经这么棒啊！"

艾蜜橘和原葵斗两个人带头为闻人唯喝起彩来，大家也纷纷发出赞叹声。闻人唯被夸得得意扬扬，她操纵着缰绳往前一溜小跑，渐渐远离了人群，银额马也越跑越兴奋。

这时，一件令人意想不到的事发生了。

"噼里啪啦……"

她口袋里的手机猛地响了起来，不知道是谁打来的电话。而偏偏不久前，她那无聊的老妈把她的手机铃声换成了鞭炮炸响声，乍一响起，如惊雷一般。

银额马听到，吓得焦躁地乱踏步，不复先前的温驯。

"不要慌。"她赶紧伸出另一只空着的手去轻抚马头。然而手机铃声锲而不舍地响着，她腾不出手去拿手机。银额马不但没有安静下来，反而越来越慌乱。

远处的白兰度看出了不对劲，喊道："和它说话，把它稳住！"

"我说了，不管用呀！"闻人唯也大喊起来。

这下可好，受到惊吓的银额马顿时不要命地疯跑起来，离人群越来越远。闻人唯死命地拽住缰绳不让自己掉下来，一颗心如坠冰窟。

月光古堡的庄园很大，银额马带着闻人唯跑了好一会儿，幸好没有遇到什么障碍物。她心底暗暗叫苦，只能强撑着等人救援。

忽然，她身后传来"嘚嘚"的马蹄声，一道熟悉的男声响起："小骗子，坚持住！"闻人唯不由得一怔……

一匹黑色骏马追上前来，韩圣燮手拽缰绳，骑在马背上，如有神临。

不知怎的，闻人唯只觉得鼻头一酸，热泪涌上眼眶。

"专心看前面！"韩圣燮出声提醒，闻人唯赶紧回神，前方骤然出现栅栏，银额马突然仰起蹄子，紧张地转动着头和耳朵。

"缰绳给我，你抱住马脖子！"

韩圣燮一声令下，闻人唯下意识地把缰绳递了出去。他知道银额马现在正感到困惑，不知道是该跨过去还是该停下。他倾过身子，接过缰绳用力往后拽。男生的力气果然要大得多，银额马被拉得头一偏，步履一下子慢了下来。

"停下！"在他不容抗拒的指令声中，银额马终于在栅栏前停下了。

"韩……韩圣燮……"

闻人唯茫然地趴在马背上，看着从黑马上下来，走到她跟前的高大男生。他俊美的面容上沁出点点汗珠，高挺的鼻翼两侧也染上了红晕，黑曜石般的眼眸里仿佛燃着两簇怒火。

韩圣燮来月光古堡，本是想看看白兰度葫芦里卖的什么药，没想到一进来就看到如此惊险的画面。

"快下来，你不要命了？"见闻人唯还抱着马脖子一动不动，韩圣燮强忍着怒气说。

闻人唯的眼里噙着泪花："我……我腿软，没力气了……"

看到闻人唯那副惹人怜爱的模样，韩圣燮的满腔怒火顿时消了一大半，他认命地伸出双臂，将闻人唯抱下了马。

第五章

风铃花下的约定

1

韩圣燮带着闻人唯回到了赛马场上,他轮廓分明的脸上没有一丝表情,浑身散发着低气压。他紧紧拉着闻人唯的手,生怕一放手,这个让人不省心的小骗子就又会卷入危险和麻烦中去。

"恶魔阎罗"名声在外,见状,圣樱学院的学生们赶紧识趣地散开了,谁也不想撞上枪口。

白兰度满脸钦佩地迎上前去:"韩部长,想不到你不但反应很快,马术还那么好,我们这里这么多人都赶不上你一个人。"

一直缩着脖子装鹌鹑的闻人唯听到,惊讶地抬头看向韩圣燮。

韩圣燮像没听见一般,继续大步流星地往前走。白兰度并不在乎韩圣燮的冷淡,反而还热情地邀约道:"你的技术这么好,不知道有没有兴趣来当我们的马术课的教练?"

韩圣燮淡淡地瞥了他一眼,回道:"没空。"说完,他拽着闻人唯离开了月光古堡。

白兰度站在原地,注视着韩圣燮和闻人唯渐渐消失的背影。

这时,一个蜜色皮肤、眉深鼻高的男生匆匆赶了过来,抓住白兰度的手:"我听说小唯出事了!她现在怎么样?"

凌步翡又急又惊,他刚来就听说闻人唯出事了。

"你问闻人唯?"白兰度奇怪地看着他,"她被韩圣燮救下,两个人刚刚一起离开。"

凌步翡焦急的神情凝滞了下来,过了好几秒,才低声说:"没事就好……"

凌步翡的反应实在是太奇怪了,先是那么担心焦虑,现在又那么失落……白兰度白皙漂亮的脸上忽然浮现出一个恍然大悟的表情。

远离了月光古堡的喧嚣,两个人一路走到了最近的公交站等车。

在一片诡异的气氛中,闻人唯低着头,紧张地拽住裙角,不敢说话,生怕再次惹怒韩圣燮。

她以前并不怕他,现在却好像越来越在乎他的感受了……

韩圣燮瞪着站在他跟前,试图将自己缩成一只鹌鹑的闻人唯。过了好一会儿,他终于泄气地揉了揉额头:"我听人说你以前根本不会骑马,为什么要做这么危险的事?"

"我……我不是骑过斑马吗……"闻人唯小声嘟哝,抬起头刚想露出讨好的微笑,

第五章 05
风铃花下的约定

看到韩圣燮仿佛要吃人的目光,连忙道歉,"对不起啦!我以后再也不会这么冲动了!我真不知道会发生这样的事!"

说到这儿,闻人唯想起银额马被惊是因为她的手机铃声吓到了它,她从风衣口袋中掏出手机一看:"啊!是步翡打来的电话,他发短信问我在哪儿。"

"你和他这么熟吗?"韩圣燮蹙起眉头。

"啊?"

"你叫我都是连名带姓……算了,不说这个了。"他白皙的面容绷得紧紧的,告诫她,"总之,以后不许做危险的事。还有,没有经过我的同意,不许来这种地方。"

"为什么?"听到这儿,闻人唯不乐意了,"我去哪儿你都要管,这也太不合理了吧?"

"我这是为你好,"韩圣燮沉下脸,"你也知道白兰度很有问题,他做的一切邀请,你都要谨慎。"

"所有同学都来了,又不止我一个人。"

"现在是非常时期,万一出现什么状况,我不能每次都及时来救你!"

"那你也不能限制我去哪儿吧?"闻人唯极力争辩,"这是我的自由,你没有这个权利!"

"你就不能听话一点儿?"

"不能!"

"闻人唯,你为什么总要和我唱反调?"

"我这是故意要唱反调吗?为什么不管我想做什么你都要反对?那个叫E的人发来邮件,如果不是我碰上,你都不会告诉我吧?"

"你本来就没必要知道。"

"为什么?明明有人不怀好意,我却要被蒙在鼓里?我有知道这件事的权利!我知道你是风纪部部长,可你不能老想着控制一切。我很不喜欢你这个样子!"

"你……"

韩圣燮的眼里闪着愠怒的光,闻人唯仰着一张小脸,瞪着眼怒视着他。

两个人的火气越来越大,对话显然已经进行不下去了。

"随便你吧。"

僵持了半天,谁也不肯妥协,韩圣燮皱得紧紧的眉心浮出一丝疲惫。一辆公交车停在了两个人的面前,他扔下这句话,走上了车。

赌气的闻人唯没有跟上去,看着公交车关上门开走,她的心中涌现出几分懊丧。

怎么又弄成了这个样子?

明明……明明那个时候,韩圣燹像电影里神勇的超级英雄一样突然出现在她的面前,她很激动、很欢喜的……

明明,她是想跟他和好的,还想告诉他之前在月光古堡里发生的事……

2

夜幕悄悄降临，如钩的上弦月挂在树梢，在身后灯火通明的华丽古堡的映衬下，显得格外冷清寂寥。

晚风拂过闻人唯的脸颊，一阵春末的凉意袭来，她裹紧身上的风衣，坐在公交站前的长椅上，沮丧不已。

"小唯！"

一个清朗的男声从不远处响起，闻人唯扭头一看，凌步翡小跑了过来。凌步翡戴着一副黑色的平光眼镜，身上的米色长风衣衬得他整个人帅气英挺。

"步翡，"闻人唯有气无力地打招呼，"不是说还有晚宴吗？你不参加吗？"

"没什么意思，我们一起回学校吧。"

看出闻人唯心情不好，回学校的公交车上，凌步翡一直讲笑话，想逗她乐。见凌步翡这么关心她，闻人唯也只好打起精神，和凌步翡聊起了天。

"你和白兰度不是从小一起长大吗？应该有很多话想聊吧？为什么不留下来参加晚宴？"

凌步翡苦笑一声："我们已经好多年没见过了，再说我要是和他走得近一点儿，恐怕青窈明天就跟我绝交了。"

说到这，闻人唯的好奇心涌了上来："你真的不知道他和青窈之间有什么恩怨吗？按道理讲，你们当时才几岁呀，再大的仇恨也该忘记了吧？"

"这个我真不清楚，"凌步翡脸上掠过一丝不自然的神色，"说起来也真是唏嘘，当年我们形影不离，怎么会想到一夜之间,孤儿院就会解散,大家各自奔向不同的命运。"

"青窈从小就是出了名的天才，只要是看过一遍的书就能背出来。每次孤儿院举办公益活动，她都是代表孤儿们去演讲的优等生，深受老院长喜爱。"凌步翡沉浸在往昔的回忆中。

"哇，好厉害！"闻人唯发自内心地感叹道。

"所以，在孤儿院解散之前就有很多优秀的学校抢着要录取她。"

公交车内明亮的灯光照在凌步翡的脸上，闻人唯却看不懂他的表情。

"至于白兰度……差点儿忘了，他以前不叫这个名字，"凌步翡的语气忽然俏皮起来，"你知道吗？他小时候有个外号，叫爱哭妹。"

"爱哭妹？"闻人唯无法理解，"他可是男生啊，就算爱哭也不该叫妹吧？"

"因为他是孤儿院唯一的混血孩子,长得很漂亮,又长得和大家不一样,所以总是被人排挤。每次被人欺负了也只会哭,像个小姑娘似的。当时,只有青窈拉着我和他一起玩,替他出头。后来……他被国外的有钱人收养,我们也就失去了联系。"说到这儿,凌步翡沉默了下来。

"然后呢?你呢?"闻人唯忍不住追问。

"我?"凌步翡笑了起来,"我小时候黑得像块炭,不好看,又没有特殊的才能,就和其他小孩一样被转到了另一所公立孤儿院。不过那一家孤儿院条件很艰苦,每天连饭都要靠抢才能吃饱,要不是我后来受到了好心人的资助,别说念圣樱学院了,恐怕连继续上学都很困难。"

闻人唯一阵心酸,孤儿院一夜之间分崩离析,当时才七八岁的孩子,突然离开了熟悉的环境,身边也没有了熟悉的朋友,孤身一人,凌步翡该多么惶恐啊。

"所以我真的很感激,遇到了那位在我最困难时对我伸出援手的恩人。为了报恩,我什么都愿意做。"凌步翡认真地说道。

不知该说什么才能安慰到凌步翡,闻人唯只好倾身轻轻抱住了他:"现在你不是来到了圣樱学院吗?过得很好,也和青窈重逢了,身边还多了这么多朋友,而且是圣樱学院最受欢迎的男生呢!"她扬起一个灿烂的笑容,鼓励地看着他。

凌步翡深深地看着闻人唯的眼睛,过了好一会儿,才低哑着嗓子回道:"你说得没错。来到圣樱学院以后,我的人生发生了翻天覆地的变化。"

"对啊,对啊!大家都很关心你!以后一定会越来越好的!"

"更幸运的是……我还遇到了你。"

3

没有听懂凌步翡的弦外之音,闻人唯不明所以地跟他对视着。

凌步翡的神色太过温柔,他注视着闻人唯的眼睛:"咱们学校虽然以学风自由著称,入学条件也都是各凭所长,不看家世。但是你知道,学校里家境优渥的学生并不少,像我这样无父无母,生活费还要靠自己打工赚的人很少。来到圣樱第一年时,我就受到了不少排挤。可是你看到我在餐厅打工,不但没有瞧不起我,还帮我说话。"

"我为什么要瞧不起你?"

"人是社会性动物,"凌步翡解释道,"大家都不想成为与众不同的那一个。如果你和大家不一样,别人就会对你指指点点。"

闻人唯忽然想起她刚入学时成天穿着雨衣,被人嘲笑的场景,顿时理解了凌步翡的心情。她拍拍他的肩:"我明白了。"

凌步翡发现闻人唯好像并没有明白他真正想表达什么,他张了张嘴想要解释,然而望着闻人唯那双明亮的大眼睛,却鼓不起勇气。他深知自己虽然努力,但跟韩圣燮相比,仍然不够优秀。他微微低下头思考了好几秒,道:"小唯,以后……你不要再去风纪部了好吗?"

"为什么?"闻人唯不明所以。

"还有韩圣燮、青窈……你以后也不要经常和他们在一起。"

"你怎么了?"凌步翡突然这么说,让闻人唯很是费解。

"最近学校发生了很多诡异的事,我担心你跟风纪部有太多牵扯会连累自己。"凌步翡面露担心。然而到底是担心多一点儿,还是私心多一点儿,只有他自己最清楚。

"谢谢你的担心。但我虽然不是风纪部的人,可是风纪部有难,我做不到袖手旁观。"

闻人唯过于热血的义气,此刻在凌步翡的眼里变得讨厌起来:"为什么你总是不懂我在说什么。你能不能乖乖听我的,离他们远一点儿?"

"步翡,你到底怎么了?"闻人唯有点儿被凌步翡不耐烦的态度吓到了,"你也是风纪部的一分子,我不可能为了自己,不管你和韩圣燮、青窈,做没义气的事情啊。"

听闻人唯这么说,凌步翡更不耐烦了:"其实在你心里,主要是因为韩圣燮吧?"

"是不是因为他有什么关系啊?"

"有关系!"凌步翡的反应一下子激烈了起来,"虽然风纪部是由韩圣燮牵头建立的,但是从创立初期我就在了。身为风纪部元老级成员,我做了很多事。然而在大家,

包括你的眼里,我却永远只是韩圣燮身后的跟班!"

一向潇洒爽朗的凌步翡竟然有这么充满怨气的一面,闻人唯吓得愣住了。

"我勤工俭学,不肯申请学校的助贫补助,就是为了不让大家瞧不起我。可是他呢?竟然当着风纪部所有成员的面,告诉我,替我申请了学校的助贫补助!他分明是看不起我!"

"你知道自己在说什么吗?"闻人唯觉得凌步翡的怨气有点儿莫名其妙,她生气地说,"韩圣燮是什么样的人,你还不知道吗?他从来不会看不起别人。而且申请补助金多好,可以帮你在生活上减轻很多压力呀!"

"你是觉得他什么都好了?"凌步翡瞪大眼睛。

"你到底在说什么啊?我怎么觉得我根本不懂你的意思。我希望你以后不要再在背后这么说韩圣燮了,不然我是不会原谅你的。"凌步翡的表现让闻人唯的脾气也跟着上来了。正好这时,公交车到站了,她气呼呼地丢下这句话,便抢先一步跳下了公交车。

汽车关上车门,缓缓开动了,而凌步翡却自始至终都没有下来。

闻人唯摸了摸自己气得发烫的脸颊,在心底哀号一声——

这都是些什么乱七八糟的事啊!

闻人唯想破了脑袋,也想不出为什么凌步翡为什么忽然这么讨厌韩圣燮了,他们之间感情不是一直都很好吗?是发生了什么事情吗?她怎么什么都不知道。

夜幕越来越深,校园里,林荫小道边树影重重,闻人唯一边踢着小石子一边往前走。晚上九点,偌大的校园里已经没什么人影了。她心不在焉地走着,直到来到操场塑胶跑道的边沿,才发现自己不知不觉间,居然走到了体育馆。

她抬起头,体育馆顶楼的玻璃花房透出几缕橘色光芒,心中一阵温暖。鬼使神差地,她抬起脚往体育馆走去。

站在花房门口,她却有点儿不敢迈步了。

隔着透明的玻璃门,可以看到玻璃花房里点亮的一盏盏小灯,在温室里的绿叶藤蔓中发出星星点点的光。韩圣燮常坐的那张椅子是空的,只有一张米色的毛毯,旁边煮着花茶的小火炉在"咕嘟咕嘟"地冒着泡。

正在她犹豫不决时,一个高大的人影从花房深处走了出来,他手里抱着一盆小巧玲珑的铃兰花,白色的花苞轻轻摇曳着,就像一排可爱的铃铛。韩圣燮的上身不知何

第五章 05
风铃花下的约定

时换了一件灰色的套头卫衣,蓝白条纹的衬衫从卫衣下露出一角。这个时候,闻人唯才恍然发觉,他不过也只是一个少年。

正低头看着手中铃兰花的韩圣燮抬起头,恰好对上了门外闻人唯的目光,眼中满溢的柔情来不及收敛。

两个人凝视着彼此,半天都没有其他动作。

见闻人唯没有开门进来的意思,韩圣燮按捺不住,走过去拉开了玻璃门。

"要进来吗?"他轻声询问,语气带着隐约的期待。

闻人唯点点头,走了进来,一时有些尴尬。

"这盆铃兰养得很好啊。"她没话找话道。

"嗯,我特意培植的。"韩圣燮将手里的花递了过去,"这是属于你的花。"

接过小小的花盆,一股清幽的芬芳钻进了闻人唯的鼻子里,她的心中感到一丝丝清凉沁润的甜。她轻轻用手拨了拨柔嫩洁白的花瓣,轻轻"嗯"了一声。

两个人又傻乎乎地站了一会儿。韩圣燮咳嗽了几下,掩饰地揉了揉似乎泛起两团红晕的脸:"对不起,我没有考虑过你的感受。以后有什么事……我不会再隐瞒你……"

"才不是!是我太冲动了!我不该对你说那么重的话!"闻人唯急忙打断他的话。

两个人抢着道歉,最后双双笑出声来。

韩圣燮抬起修长的大手,揉了揉闻人唯的头:"那我们这算是,讲和了?"

"嗯……讲和了。"闻人唯点点头,拉着韩圣燮坐到秋千椅子上。两个人依偎在一起,韩圣燮身上带着淡淡的花香,让闻人唯觉得此刻内心安宁而温馨,随即她把白天发生在月光古堡的事情通通告诉了韩圣燮。韩圣燮点了点头,并没有说什么。

"我给你的那个黑色笔记本,你们研究出来了吗?上面究竟说的是什么呀?"闻人唯问。

说到这个话题,韩圣燮乌黑的剑眉不禁蹙了起来。

见韩圣燮半天没回话,闻人唯不满地敲了他一下:"不是说不会隐瞒我吗?"

"我没想隐瞒。"韩圣燮摇摇头,苦笑一声,"只是这件事没有什么进展。虽然查出来笔记本上写的文字是古拉丁文,但我和阿埜拜访了好几位教授都无果。这种文字太古老了,宝星市没人能看懂。"

"啊?那怎么办?"闻人唯紧张地直起身子。

"要是我爷爷在就好了,"韩圣燮黑曜石般的眼睛里透出无奈,"他就是精通古拉丁文的学者,以前还和学校里的两位老师成立过专门的项目研究小组。但现在不知

道他旅行到什么地方了,连我也联系不上。"

"不用太担心,事情会有转机的。"

闻人唯伸出手,抚平韩圣燮眉心间皱成一团的"川"字。这段时间她光顾着和他吵架冷战,怎么都没有发现,无数的困难与重担都压在他一个人的肩头。不知道他该有多疲惫、多无奈呢。

4

"我知道，会没事的。"韩圣燮轻轻摸了摸闻人唯的发丝，"我已经给国外几位大师学者发了邮件，就等他们回复了，破解只是时间的问题。"

"那我也要参与你们的调查！"闻人唯眨了眨眼睛。

"不行！"韩圣燮想也不想就拒绝。

闻人唯不服气地瞪了他一眼，他只好耐心地解释道："发邮件的人说要复仇，还要破坏学校，肯定是一个很危险的人物……小唯，不要掺和这件事好吗？"

韩圣燮扳过她的肩膀，使她面向他。他无比认真地说："我不敢想象，万一再发生今天这样的事怎么办？我要是没来得及救你，我一辈子都不会原谅自己的。"

心中漫过一股暖流，闻人唯心头甜甜的，又有些酸涩。韩圣燮这么做，是真的很担心自己啊……

"我知道了。"她心中虽不情不愿，但表面上还是同意了。大不了，以后她偷偷关注这件事，不让他知道就行了。

"以后你也可以叫我阿燮，"韩圣燮不自在地别开了脸，"反正你叫原葵斗和凌步翡都是用昵称。"

看着韩圣燮别扭的神情，闻人唯忽然明白了什么，这个猜想让她忍不住笑出来："你之前莫名其妙跟我闹别扭，不会是因为我直呼你全名吧？"

顿时，韩圣燮的身体僵住了，闻人唯察觉到了这一点儿，心里又是好笑，又有一点儿微妙的甜蜜，原来韩圣燮也有这样不为人知的另一面的啊。

"知道了，阿燮！"闻人唯"扑哧"一笑，故意装作严肃的样子绷起脸点了点头。随即，她提出了自己的要求："那你以后也能不能别叫我小骗子了？"

其实韩圣燮想过要改口，只是觉得像别人那样叫她小唯总让他觉得很难为情。他犹豫了半天，见闻人唯期待地看着他，只好硬着头皮发出一声含糊不清的声音："小唯……"

"是我，阿燮。"闻人唯心满意足地应道，带笑的眼睛弯成了一道月牙。

和韩圣燮和好以后，闻人唯就连睡觉都特别踏实。第二天放学后，她干劲十足地留在了教室里，打算好好复习一下数学和英语。

同学们都陆陆续续地收拾东西准备离开，看到闻人唯居然主动留下自习，一个个都像是见了鬼一样。特别是"小雀斑"，还夸张到拍照发微博，气得闻人唯追着打她。

"小唯！小唯！"

一个纤细苗条的身影从教室外面奔了进来,闻人唯扭头一看,居然是神出鬼没的艾蜜橘。

"怎么了,发生了什么事?"闻人唯疑惑地看向她。

艾蜜橘急得直跺脚,抓起闻人唯的手就往外走:"你还有空在这儿玩?我跟你说,复古社都快要保不住了！"

"怎么回事?复古社怎么了?"

虽然复古社在刚刚建立时,连基本社员人数都凑不齐,但经过幻花少女大赛,闻人唯打败月琦蔓一夜成名之后,来报名入社的同学蜂拥而至,现在已经是一个规模不小的成熟社团了。

艾蜜橘一边拉着闻人唯走,一边拿出手机给她看:"我也不知道怎么回事啊！社里的公共邮箱一直是归我管的,今天一打开邮箱就看到好几封邮件,都是申请退社的！"

"为什么啊?之前有人退过吗?"闻人唯感到不可思议极了,发生这种事,也总得有个原因吧。

"之前有零星退社的,但从没有像现在这样一时间退好几个人的……"艾蜜橘洁白的小脸上满是懊恼,"我给她们都回复了邮件,让想退社的学生今天下午到社团教室来,一会儿问问她们吧。"

两个人很快来到了复古社的教室门口。果然,早就有几个女生等在了门口,一见到闻人唯,都纷纷围了过来。

"社长你来了,我想申请退社,请给我办下退社手续吧。"

"我也是,我也是,对不起啊社长！谢谢你的照顾了。"

"等等！你们……"闻人唯诧异地问,"好好的,你们为什么要退社啊?是社团没意思吗?还是我们没有举办什么活动?"

女生们面面相觑,都露出为难的表情,一个微胖的女生开口反问道:"退出社团,好像不需要理由吧?"

"的确不需要理由,可是……"

"那就给我们办理退社手续吧！"另一个女生鼓起勇气,"不是不好,只是我们觉得,我们不太适合这个社团。"

这个理由让闻人唯无法反驳,她很想挽留,却也无可奈何,只得帮她们办理了退社手续。

第六章

一百年前的
地下图书馆

1

不知道怎么回事，接下来的几天，退社的社员越来越多，闻人唯越发焦急起来，心里一面惭愧，一面深刻反省着自己，认为是自己在幻花少女大赛侥幸赢过月琦蔓后，就变得懈怠了。

"唉，没有好好打理社团，的确是我的错。"

闻人唯懊恼极了，她一直觉得自己不是当社长的料，所以复古社的事务向来是交给艾蜜橘和卞青窈来处理。仔细想想，不管是复古社招新，还是社团活动，自己真的好像没有出过多少力。

于是，最近她都不去风纪部找韩圣燮了，闷头待在复古社，用尽各种办法试图挽留要离开的社员，可是不管她怎么挖空心思……比如赠送每个社员自己亲手做的钥匙扣、社团活动提供好吃的下午茶蛋糕、教做漂亮的古风发簪耳饰等，都挽不回社员们要走的心。短短一个礼拜，三十几个正式社员就少了一大半。

"'小雀斑'，你怎么也要走啊？是蛋糕不好吃，还是社团活动不吸引你啊……"

"小雀斑"是第一个支持闻人唯的同班同学，没想到连她都要离开，对闻人唯来说真是个巨大的打击。

向来能说会道的"小雀斑"却支支吾吾起来："那个，我本来就不是很会做手工。我……我的兴趣不在这里呀。"任闻人唯百般劝说，"小雀斑"似乎铁了心要退社。

"小雀斑"走后，望着曾经坐满了人的教室空了一大半，艾蜜橘十分沮丧："怎么办呀？小唯，你快想想办法呀！"

闻人唯心里非常不是滋味，她合上面前的笔记本电脑："我正在想呀！可是社团活动经费就那么多，我们怎么才能用最少的钱，办出最吸引人的活动呀？"

"不如问问青窈吧？"艾蜜橘提议，"她也是复古社的一员，还是风纪部的书记官，一定有办法。"

因为神秘人E的邮件和黑色笔记本的事情，风纪部也忙得焦头烂额，卞青窈好一阵子没来复古社活动了，不过接到闻人唯的电话后，她建议道："不如你去问问其他社团的社长吧？比如戏剧社，它是圣樱学院第一大社团，拥有一百多位社员！苏雪琴虽然脾气不太好，但管理社团还是很厉害的。"

闻人唯按捺住心头的焦躁，和艾蜜橘出发前往戏剧社，刚走到活动教室的外面，就听见戏剧社的社长苏雪琴在跟人大声吵架。

第六章
一百年前的地下图书馆

"沈楠欣,你到底是什么意思?为什么一下子就带走了这么多人,有没有经过我的同意?"

只见教室内,两拨人正剑拔弩张地对峙着,苏雪琴那张漂亮的脸蛋上露出气急败坏的神色,怒视着站在她对面领头的一个女生。

女生眉眼深邃,颇有混血儿的美貌,一张漂亮的鹅蛋脸有点儿像当红女星古丽娜。艾蜜橘偷偷告诉闻人唯:"这是戏剧社的第一女主角沈楠欣,她长得漂亮,但和苏雪琴的关系一直不怎么样。"

沈楠欣轻轻拨了拨大波浪卷的长发:"社长,大家可都是自愿退社的,怎么能说是我带走的呢?"

"少当我是傻子,自从戏剧社建立以来,还从来没有过一次性退社二十几个人,我需要一个解释!"苏雪琴气得脸一阵红一阵白。

"那又能说明什么呢?只能说你这个戏剧社的社长当得不称职呗!"沈楠欣不以为意地笑笑。

"喂!你怎么说话的?"

"雪琴有什么对不起你的?沈楠欣,你太过分了吧?"

苏雪琴还没有说话,她身后的社员们就纷纷开口替她声讨沈楠欣,大家群情激奋,看得闻人唯目瞪口呆。

艾蜜橘震惊地拿手肘撞了撞闻人唯的胳膊:"我的天哪!戏剧社也有这么多人退社?"

"你!"苏雪琴的眼里简直要喷出火来,她转过视线,看向沈楠欣身后的一位高个子男生:"林奇,你可是副社长……连你也要走吗?"

那个叫作林奇的男生不敢和苏雪琴对视,惭愧地低下头:"对不起,社长!可是我有必须要走的理由。"

苏雪琴的目光扫过一个个社员,最后攥紧了拳头:"好!你们要走就走吧,以后别后悔就行了!"她扔下这句话,就气冲冲地往门外走,看到站在教室门口的闻人唯,不由得一愣,但什么也没说,脸色铁青地离开了。

原本是到戏剧社学习经验,没想到居然围观了一场闹剧,这是怎么回事?闻人唯和艾蜜橘对视了一眼。

难道说,退社风波并不只有复古社?

顿时,闻人唯的心底蒙上了一层阴影。似乎这场荒诞的闹剧背后,还有更深层的

原因,隐藏在浓浓的迷雾中,叫人看不清晰。

苏雪琴离开后,戏剧社的人也没有心思再排练了,人群"呼啦啦"地一下子散了个干净,原本热闹的剧场里变得空空荡荡。闻人唯和艾蜜橘也只得往回走。

两个人的心情都非常压抑,过了好半晌,艾蜜橘才轻轻开口。

"小唯,我怎么觉得好像不太对劲?"

"的确是很古怪。"闻人唯担忧地点点头。

"那怎么办?我们还要继续做活动吗?"

闻人唯还没来得及回答,一个清脆悦耳的女声从身后响了起来,带着浓浓的嘲讽意味:"还做什么活动呀?圣樱学院的社团都快要倒闭啦,你们还搞不清楚状况。"

听到这个熟悉的声音,闻人唯诧异地扭过头:"月琦蔓?"

月琦蔓穿着圣玛丽女子学院的制服,粉红色的皮质书包上挂着漂亮的宝石吊坠和流苏装饰,头顶的宝石发卡映衬得她光彩耀眼。她还是一如既往地高调,精致如画的眉目间带着高高在上的气势。

艾蜜橘一直对月琦蔓没有好感,立马警觉地挡在闻人唯身前:"月琦蔓,你来干什么?"

"我来串门啊,本来打算去风纪部找我哥吃晚饭,可他说有事让我先回去。"月琦蔓笑眯眯地回答,接着缓缓走到闻人唯身边,饶有兴致地打量了她一眼:"你还不知道吗?我在圣玛丽学院都听说了,你们圣樱学院的社团都要办不下去了。最近每个社团都有大批社员退社,所有的社长都焦头烂额。就算你我是竞争对手,我也觉得可惜呀。"

"你在说什么?"闻人唯无法置信,"怎么可能?每个社团都有人退社?"

"是啊!你知道他们都去了哪儿吗?"

忽然,月琦蔓精致的小脸上露出一抹诡异的微笑,闻人唯的心也跟着悬了起来。

"月光古堡。他们全都抵挡不住白兰度的诱惑,去了那儿。"

2

"你在说谎!"艾蜜橘大惊失色,指着月琦蔓的鼻子说道。

"蜜橘,你先冷静一下!"

"哎呀,生气了?可怕。"月琦蔓吐了吐舌头,气死人不偿命地说,"我可怕挨打,走了走了。"

说着,月琦蔓故意甩着书包上的挂饰,哼着歌,步履轻盈地从她们面前走了过去。

看着月琦蔓的背影,闻人唯满脸凝重。虽然月琦蔓高高在上的态度让人恼火,但她从不屑于说谎。不过对于艾蜜橘来说,哥哥是白兰度的朋友,自己又对他印象很不错,肯定会第一时间维护他。

想起自己在月光古堡的所见所闻,闻人唯觉得白兰度开设马术课和贵族礼仪课的事,可能正是跟退社的风波有着重大关系。

"小唯,你不是相信了她吧?白兰度是好人。"艾蜜橘见闻人唯沉默了下来,急得直跺脚。

"你放心,我得去一趟风纪部,跟大家说说这件事。"闻人唯犹豫了一会儿说道。

她的脑子里迷迷糊糊的,好像有什么线索闪过,但一下子又抓不住。闻人唯下意识地想要求助韩圣夑,他那么聪明,肯定能想到些什么。

"那……好吧,我就不去了,你自己小心点儿。"因为乌龙"神奇椅"搞得闻人唯到现在都没有恢复记忆,韩圣夑又跟闻人唯关系匪浅,导致艾蜜橘很害怕见到韩圣夑,毕竟"恶魔阎罗"的称号不是白来的。再加上白兰度和卞青窈不和,她干脆就不去自讨没趣了。

闻人唯点点头,跟艾蜜橘分开了。

天边的最后一抹云霞还印着淡淡的橘色,而月亮已经升起,静静地挂在树梢上。闻人唯急匆匆地走到教学楼楼下,抬头看到风纪部的窗户透出光亮,没来由地,她忐忑不安的心情安定了几分,正要抬步往教学楼里走时,忽然见几个熟悉的身影从教学楼里快步走了出来。

为首的那个男生穿着圣樱学院的黑色制服,背脊挺得笔直,白皙俊美的脸上架着一副黑框眼镜,他神色严峻地聆听着左边的女生说话。女生扎着高马尾,容貌英气明丽,她一边说一边用手比画。而走在他右边的男生则冷面寒霜,虽然长得帅,却让人不敢

靠近。

那三个人正是韩圣燮、卞青窈和月琦垩。看样子，像有非常要紧的事。

闻人唯停下脚步，正犹豫要不要上前打招呼，三个人已经匆匆经过，朝教学楼后方走去。他们讨论得太过专注，加上夜色昏沉，并没有注意到路边的她。

闻人唯愣怔了一瞬，急忙拔腿跟了过去。

韩圣燮他们三个人个高腿长，闻人唯在后面追赶了半天，仍然差着一截不短的距离，她气喘吁吁地刚想叫住他们，却发现他们走在去往春樱殿的路上。

虽然答应了韩圣燮不参与调查，但闻人唯还是决定偷偷跟着他们，看看他们要做什么。

远远看去，春樱殿还是那样气势恢宏，仿若一座庞然巨物，高高翘起的飞檐上，坐着五只憨态可掬的瑞兽，漂亮的琉璃瓦，在月色下反射出点点清冷的光辉。

自从那天晚上纪念碑遭雷劈过后，这一带就被保护了起来，同学们都不能擅自靠近，闻人唯也已经很久没有来过这里了。纪念碑那堆石块被清理后，原先所在的地面上露出了一个巨大的坑洞。

这还是她第一次看到同学们口中疯传的"地下室"入口，从她的角度看过去，洞口黑乎乎的，隐约能看到往下延伸的台阶。

远远地，两位负责看守现场的保安拦住了韩圣燮三人，闻人唯看到韩圣燮出示了一样东西，保安看过后居然转身离开了。

刚刚一路上都没有看到其他人，韩圣燮他们是故意挑在这个时候过来的吗？他们想干吗？难道地下室有些什么？

闻人唯更好奇了，不搞清楚这些，她今天晚上可别想睡着了。目送着三个人的身影消失在地下室入口，她踟蹰了一会儿，壮起胆子走了过去。

走到黑色洞口前，闻人唯好奇地往下看，脚下是灰扑扑的石级。她打开手机的手电筒，一只手扶着旁边凹凸不平的石壁，试着往下走了几步，皮鞋踏在石级上，发出清脆的响声，让她心里毛毛的。石级是螺旋往下的，越往深处走越黑，走了三四十阶，脚步的响声变得沉闷起来。

未知的黑暗让闻人唯忍不住想起了曾经看过的那些恐怖片，有那么一瞬间，她几乎就拔腿逃跑了，然而强烈的好奇心压倒了内心的恐惧，她咬咬牙给自己打气："怕什么？韩圣燮他们都在里面呢！"

又往下走了好几十阶，闻人唯终于站在了地下室的大门前。这是一扇黑色镏金的

第六章 06
一百年前的地下图书馆

大门，设计古朴大气，大门的四角雕着精美的花纹，还篆刻着一些看不懂的文字。

大门是敞开的，手电筒的照明有限，能照见的只有半径一米左右的范围，闻人唯往门里照了照，发现什么都看不见。

她深吸一口气，一咬牙走了进去。

闻人唯一进门就被呛得咳嗽起来,她用衣服掩住鼻子,高举手电筒照了照周围的环境。地下室里的灰尘有如实质一般,白色的光线根本穿不透。能看出来她所在的好像是一个大厅,墙壁上挂着一排排壁灯,形状像漂亮的莲花。

她的胸膛里像揣了一只小兔子,"怦怦"地跳个不停。周围寂静无声,先前进来的三个人仿佛悄无声息地消失了一样,只有自己的皮鞋在地板上敲出清晰的回响。

她也顾不上脏,摸着墙壁又往前走了几步,指尖传来又涩又腻的粉末感。早已经风化的墙纸"噼啪"一声掉下一大块,把她吓了一大跳。她急忙往旁边蹿了几步,结果小腿肚撞上了什么东西,"咔吱"一声响,发出木头断裂的声音。

拿手机照了照,闻人唯才发现旁边是一张大大的圆桌,周围七零八落地摆了几把椅子,自己刚刚就是撞上了其中的一把椅子。这些家具大多已经陈旧不堪,但是依稀看得出当初的华丽精美。

"笃,笃,笃。"

她的皮鞋敲击在地面上,一步一步地往前走着。

布满灰尘和蜘蛛网的壁炉、缺了一只脚的五斗橱、脏得看不出颜色的挂毯……一个接一个地映入了眼帘,闻人唯感觉自己好像在进行一场刺激的探险。

可是不知道怎么回事,她心里升起了强烈的不安感,总觉得有什么事不对劲。"笃笃"声再次响起,很快又消失了,闻人唯站在原地,忽然之间额头上淌下几滴冷汗。

不对!她明明已经停下了脚步,根本没有动啊!

地下室里怎么还会响起脚步声?

无数黑暗恐怖的画面从她脑海中掠过,什么从石级上爬下来的无头女尸啦、寄住在沙发里的恐怖恶魔啦,她的身体僵硬在原地,无法动弹。

那个诡异的脚步声越来越近,似乎正朝着自己走过来,一步,两步……闻人唯浑身的汗毛都竖了起来,她感觉到一股轻轻的呼吸声在自己的头顶徘徊,好像一条毒蛇在窥伺着,似乎寻找发动攻击的时机。

"是……谁在那儿?"

闻人唯颤抖着声音问,并没有人回答。

"韩圣燮?是你吗?快出来。"

她不敢让自己停下来,佯装轻松地猜着:"还是青窈?喂,总不可能是月琦玨吧?

第六章 06
一百年前的地下图书馆

你可没有这么无聊。"

忽然之间,她裸露在衣领外面的脖子感受到了空气的流动,身后的那股压迫感远离了。刚松了一口气,面前又猛地出现了一张发着蓝光的、惨白的脸,两只诡异的碧绿眼珠一动不动地盯着她。

"啊——"

闻人唯发出一声激烈的惨叫。

她脑海中有一根弦"砰"地一下断了,闭起眼睛,不管三七二十一,抡起拳头就劈头盖脸地朝那张脸打去,一边狂打一边惨叫着:"不要过来!你不要过来!救命啊!"

对面那只"鬼"完全没有防备,冷不丁地连连挨打,痛得吱哇乱叫了起来,最后被她打得实在受不了了,只得一把抓住她的两只手。

"闻人唯同学,看清楚,是我,是我呀!白兰度!"

"白兰度?"正用力挣扎的闻人唯愣在了原地。

白兰度松开了她的手,任她拿起手机在他脸上晃来晃去。

还真是白兰度,不过现在的他可没有了贵族公子的风范,金灿灿的头发凌乱地散在脑袋上,脸上还有几道红红的巴掌印,看起来非常凄惨。

"闻人唯同学,"白兰度理了理自己的头发,极力露出一抹优雅的微笑,"我们又见面了。"

"好啊,你竟敢吓唬我!"

闻人唯又恶狠狠地扑向了白兰度,这次下手比刚才还重,手脚并用。不但在白兰度的额头上多挠了几把,还狠狠地踢了他几脚。

"住手,住手!这不是一位淑女应该做的。"白兰度疼得连连惨叫。

"绅士更不应该躲在背后装神弄鬼!"

"不要打了,我发过誓不向女生动手的。"

"你试试看啊!说,你跟着我干什么?"

"我不是在跟着你,我是在跟着韩圣夑他们!"白兰度的注意力全都放在抵挡闻人唯的拳头上,一时说漏了嘴。

"什么?你到底安的什么心?"

"我安的什么心现在不是重要的,重要的是我们在这里闹出这么大的动静,韩圣夑他们居然一点儿反应都没有,你不觉得很奇怪吗?"

白兰度的话让闻人唯回归了理智,她诧异地停下了手。

4

"不如我们暂时先和解吧。"白兰度试探地看着闻人唯,"瞒着韩圣燮他们进来,你应该也是想搞清楚这里面到底有些什么吧?"

闻人唯看了他一眼,黑白分明的大眼睛里满是警惕。

白兰度讨好地一笑:"之前在月光古堡,韩圣燮对你独自骑马的事情表现得非常生气,他是不是不允许你参与调查这些事情,觉得很危险?"

这个人真是太狡猾了!居然一下子就看出了她和韩圣燮之间的矛盾。

"关你什么事?"闻人唯粗声粗气地说。

看闻人唯的态度又粗暴起来,白兰度赶紧举起双手:"其实我比你先来!我路过这边时,看到韩圣燮他们三个人进来,然后又看到你跑了进来,才一时兴起,想要恶作剧一把的,绝对没有恶意。"

有了这番解释,闻人唯的态度稍微缓和了一点儿:"那又怎么样?"

"我们不都是好奇吗?可以搭伙一起啊!"白兰度的嘴角弯起一抹优美的弧度,"再说我带了强光手电筒,你看。"他打开手中的手电筒示范,手电筒不但可以调节亮度,还能调成不同的颜色,可比手机自带的手电筒强多了。

"我可以把这个手电筒给你用,"看到闻人唯狐疑的目光,白兰度赶紧拍着胸脯保证,"我只是纯属好奇!真的,不骗你。"

对于白兰度的话,闻人唯一个字也不信,不过她还是同意了,想看看他葫芦里到底卖的什么药。

手电筒白色的光线一下子穿透黑暗与灰尘,照亮了大半个客厅。闻人唯可以清楚地看到先前她撞上的那套桌椅的餐桌上,还摆放着漂亮的水晶花瓶和几套银质餐具,好似这里的主人刚刚享用完美味的晚餐,还没有走开一样。

两个人一路往里走去,经过的墙壁上挂着几幅不同的人像油画。其中出现得最多的,是一位穿着贵族绶带礼服,留着两撇八字胡、相貌庄严的中年男人。

"这位应该就是地下室的主人了吧?"白兰度感慨道。

闻人唯没有搭理白兰度,而是将手电筒转向客厅的另一角。她先前没看到,吓了一跳,这里立着好几排巨大的书架,数不清的藏书从天花板顶一直堆到书架下方。她走过去,随手拿起一本书,顿时扬起一阵灰尘。

当她翻开书本的第一页,看到上面的花体印刷的英语时,彻底傻眼了……她一个字也不认识。

"《君主论》?"

不知什么时候,白兰度凑了过来,念出了书名。

"你认识你看吧。"闻人唯把这本书塞进了白兰度的怀里。

白兰度似乎对这些藏书很感兴趣,打开自己手机的手电筒,借着光,津津有味地读了起来。

闻人唯往书架后面走去。目之所及,除了这个大厅并没有通往别的房间的门,韩圣燮他们不可能凭空消失,这里肯定还藏着什么不为人知的机关。

走到最后一个书架后,闻人唯用手电筒照了照,一道隐蔽的小门展现在她的眼前。小门紧闭,有一个不起眼的锁孔。她推了推,并没有推动,看来需要钥匙才能进入这道门里。

这道门上挂着一幅画,虽然已经有些破败残损,但闻人唯莫名觉得这些图案很重要。她灵机一动,往后瞥了一眼,发现白兰度还捧着书站在第一个书架前,赶紧掏出手机,调成静音,对着画拍了几张。

正在这时,小门里发出窸窸窣窣的响声。闻人唯一愣,还没来得及反应,白兰度就几个箭步冲过来拽着她就跑:"快走!"

她稀里糊涂地被白兰度拉着一路疯跑,路上白兰度还不忘记抢过她手中的手电筒关掉了。直到看见外面的满天星光,她才恍然发现自己回到了地面上。

"快!去那边躲起来!"

先前离开的保安们并没有回来,闻人唯被白兰度推搡着,躲进了距纪念碑不远的花圃中。她抚着自己心脏狂跳不已的胸口,忽然反应过来——

咦?她怎么和白兰度成一伙的了?

她正要开口说话,白兰度立马伸出一根手指头放在唇边,面色凝重做嘘声状。

韩圣燮三个人从地下室走了出来,他们并没有发现有人试图闯进去。或者说,韩圣燮根本没有心思注意其他事,三个人都一脸凝重,他们就这么站在地下室入口讨论了起来。

"没想到钥匙居然在……"

卞青窈的话隐隐约约地传了过来,听不甚清。

"圣燮,你确定吗……伯爵后裔……"

月琦垩转过头跟韩圣燮说了几句什么,韩圣燮摇摇头,俊美无俦的容颜如冰雪般

沉静。

"现在还不行,敌人在暗,我们在明。阿垩,这件事只能拜托你了。"

"明白,我过几天就飞一趟……"

说到这里,三个人就离开了。闻人唯一头雾水地琢磨着他们的话语,不经意间瞥了一眼身旁的白兰度,发现他用手摸着光洁的下巴,似乎在思考着什么。

"喂!"她用手肘捅了捅他,"你是不是知道些什么?他们说的伯爵后裔。"

白兰度一愣:"我怎么知道?我也是今天第一次听到啊。"

看他一脸坦荡荡,闻人唯想起最近在圣樱学院掀起的退社风波,不由得嫌恶地撇撇嘴:"说谎,你肯定知道。"

"我真不知道。"白兰度笑嘻嘻地靠了过来,"对了!先前在下面的大厅里没看见他们,你是不是有什么发现……比如说,通向密室的门之类的?"

上下打量了白兰度几眼,闻人唯也学着他的样子挑了挑眉毛:"有这回事吗?我不知道啊。"随即她"啊"了一声,"保安回来了,我先走了。"说完,一猫腰,身影消失在蒙蒙的夜色中。

白兰度只好苦笑一声,也连忙离开了。

第七章

挑战！不容侵犯的
学院社团意志

　　回到宿舍，闻人唯躺到床上，打开手机仔细观察起在地下室内拍的照片。照片中虽然光线昏暗，但依稀可以辨出一块块破碎的图案。

　　"嗯？"

　　闻人唯忽然发现，画中有两块孔雀蓝的花纹，居然可以拼在一起，形成一个全新的图案！

　　"这是……鱼尾？"

　　她的心底升起一股奇怪的感觉，从床上跳了起来，光着脚奔到电脑前，插上数据线把照片传进了电脑里。随后用 PS（图像后期软件）把照片切割开，又重新组合了起来，展现在她眼前的竟然是蓝色鱼尾花纹和奇怪盘旋的花朵与茎叶……这居然是一幅拼图！

　　她终于发现，自己一开始那种莫名其妙的熟悉感来自何处。

　　这不就是那个黑色笔记本里扉页上的双鱼和兰花图案吗？这些东西怎么会突然出现在地下室里，不是说地下室是一百多年前的古迹吗？难道真如卞青窈说，那个黑色笔记本是一百多年前的古董……这个笔记本不会跟地下室有关吧？

　　她苦苦思索到深夜，仍是一头雾水，却又不能向韩圣燮求助，因为她答应了他不会掺和这件事。

　　"唉……这可怎么办？"

　　闻人唯死死地盯着电脑里的照片，只觉得照片中那一团团蓝色和金色像是无底的旋涡，将自己深深吸了进去。不知不觉，她在疲倦中沉沉睡去。

　　清晨的阳光穿透白色的窗帘，在墙上投下一抹抹朦胧的光晕；枝繁叶茂的树间，布谷鸟一声一声地叫着。闻人唯正睡得香甜，一阵巨大的"砰砰"敲门声将她吵醒了。

　　她皱起眉头，下意识地想用枕头捂住耳朵，却发现自己睡在了桌子上。

　　"小唯，小唯！快起来！出大事了！"门外的人焦急地喊着。

　　闻人唯被闹得实在没有办法，起身开门："一大早的……"

　　她话还没说完，就见艾蜜橘像旋风一样冲了过来，架住了她的一只胳膊，径直把她往外拖。

　　"你怎么还有心思在这儿睡觉？风纪部都被人堵住了！"

第七章 07
挑战！不容侵犯的学院社团意志

听到这里，闻人唯立马担心起韩圣燮来，连衣服都顾不上换了，穿着前一天的皱巴巴的制服，匆匆趿上皮鞋，就往楼下跑。走出女生公寓，她看到原葵斗正站在不远处等待。

"阿葵？你怎么也来了？"

原葵斗秀气的脸上满是焦急，疾步跑了过来："快走吧！事情已经闹得很大了。"

"什么事情？"

艾蜜橘抢先回答道："还不是那些社员退社的事。那些社团的社长正聚集在教学楼下向风纪部抗议呢！"

"韩圣燮呢？风纪部现在情况如何？"闻人唯连忙询问。

"大概是正在想解决办法吧，我们也不清楚，得知了这件事就第一时间来找你了。不过，这些社团的要求本来就是强人所难，风纪部只管建立社团的事情，招新退社这种事情不是要社团自己负责吗？跟风纪部抗议就能挽回人员流失吗？"艾蜜橘愤愤不平地抱怨着。

三个人走到教学楼下，闻人唯就被眼前乌泱泱的人群吓了一跳，一眼望去，学院里所有社团的社长都围在了一起。有的拿着扩音喇叭，大喊"还我社员，把渣滓败类赶出学校"；有的拉横幅，用红色的大字写着"抗议卑鄙的金钱交易，还圣樱学院一片清明"；还有的举着LED（Light Emitting Diode的缩写，发光二极管）灯牌，像明星演唱会应援那样，挥舞着灯牌激动地呐喊着。

"风纪部部长出来！解决社团问题！"

"还我社员！把白兰度赶出学校！"

"助长歪风邪气，风纪部是否和交换生有什么不可告人的关系？"

苏雪琴也在其中，而且是里面带头闹得最凶的一个，话里话外都在指责韩圣燮，说他一点儿领导学院社团的能力都没有，被白兰度开设在月光古堡的课外活动压得死死的。

"这些人太过分了！居然这么说韩部长。"听到这些话，连平时最温和的原葵斗也生气了。

"听说苏雪琴昨天下午就来风纪部抗议了，希望风纪部出面解决这件事，但是部长却没有答应。"艾蜜橘说。

"为什么呀？"原葵斗惊讶地问。

"因为圣樱学院是一个自由的学校呀。"闻人唯回答道,她忽然明白了韩圣燮拒绝的理由,"风纪部从来不强迫任何一个学生做任何事,所以韩圣燮也只会保护学校里的每一个学生,而不会去控制、强迫他们。"

闻人唯的话说完,两个人都像第一次认识她一样盯着她,特别是原葵斗,他琥珀色的眼睛瞪得大大的,对她一番打量。

"怎么了?"闻人唯莫名其妙地挠挠头,"干吗这么看着我?"

"没……只是忽然觉得,你浑身都散发着智慧的光芒。"艾蜜橘有些崇拜地说。

"那现在怎么办?"原葵斗问。

闻人唯沉吟了一下:"还是先去风纪部,看看韩圣燮那边的情况吧。"

第七章 07
挑战！不容侵犯的学院社团意志

2

　　三个人费尽九牛二虎之力，才挤过人群。一路上，各个社团的社长和干部对他们怒目而视。闻人唯推开风纪部办公室的门，一眼就看到了坐在办公椅上的韩圣燮。他身上的制服一丝不苟，俊美的面容像覆上了一层寒冰，眼神锐利得如鹰隼一般，紧紧盯着坐在他对面的人。

　　"白兰度？"

　　接到消息的卞青窈也刚刚赶到，一看到大刺刺坐在风纪部办公室里的白兰度，怒火瞬间被点燃："你怎么也在？你怎么还敢来这里？"

　　"我不是圣樱学院的学生吗？学生有困难，当来要来找风纪部啊。"白兰度摊摊手，"人家都说我和风纪部有不可告人的关系了，我当然要过来露个面。"

　　白兰度打扮得依旧帅气，上身着白色衬衣，下身配水洗蓝牛仔裤和运动鞋，休闲清爽得像邻家大男生，那一头耀眼的金发和翡翠般的碧绿眼睛漂亮得如同最厉害的画家所绘。闻人唯猛地意识到，白兰度自从来到圣樱学院后，行为举止实在是高调得有点儿过分——他拒绝穿圣樱学院的制服，每天都弄出大新闻，好像铁了心要当学院明星一样，实在是不像安心来上学的。

　　"少胡扯了，风纪部不欢迎你！"卞青窈见白兰度故作无辜，气更加不打一处来。

　　"我只是来上课，结果楼下围了一大群人对我推推搡搡的。我实在没有想到，你们圣樱学院还有这么不文明的学生……"白兰度边说边捂住胸口，好像惊魂未定的样子。

　　凌步翡斜倚在书架边，沉默地看着卞青窈和白兰度你来我往地对峙着，视线的余光却一直落在还站在门口的闻人唯身上。

　　"你什么意思？"卞青窈太阳穴暴起青筋。

　　"就是说……"他嬉皮笑脸了起来，"最后我遇到了韩部长，要不是他助人为乐，把我带进来，可能我今天都没法上课了。"

　　一直没说话的韩圣燮蹙着眉头，开口道："维护每一个学生的安危，是我们风纪部的责任。不过白兰度同学，你身为交换生，我也想提醒你做事要有分寸。"

　　"我很有分寸啊，"白兰度不以为然，"倒是你们圣樱学院也太名不副实了吧？不是说自由大度吗？退社这么小的事情竟然会闹得这么大……啧啧啧，真让人害怕。"

　　别说卞青窈气得发抖，就连一向站在白兰度这边的艾蜜橘也看不下去了："白兰度大哥，你怎么能这么说呢？"

"抱歉抱歉,我这个人性格太耿直了,有什么就说什么。"白兰度笑嘻嘻地道歉,随手抓了抓头发。

闻人唯强忍着怒气没有出声,她看向韩圣燮,心中对他充满了无限信任,这件事情虽然不在预料中,但她相信,不管发生什么,韩圣燮都能够从容地解决。

韩圣燮声音低沉,面容平静温和,并没有被白兰度的暗讽所激怒:"你最终目的并不是把学院所有的社团都击垮,而是针对我们风纪部来的吧?"

他这句话一出,在场的人一片哗然……什么?白兰度的目标居然是风纪部?

白兰度神色一沉,立马恢复了淡然模样。大家看着他的眼神都开始不善起来,他坦诚地问:"你怎么知道我的目标不是社团?"

"解散这些社团对你来说有什么好处?我们都只是学生,最主要的精力还是在学习上,社团只是兴趣爱好。"韩圣燮转了转手上的钢笔,"你可别告诉我,你的爱好就是弄垮学校的社团吧?"

"我倒是对你有些刮目相看了。"白兰度哈哈大笑了几声,眼睛里带上了几分狡黠,"说得没错,我的目标的确是风纪部。"

闻人唯再也按捺不住,冲到韩圣燮身边,怒视着白兰度:"你究竟想要干什么?"

见闻人唯如此维护韩圣燮,凌步翡眼里的光黯淡了下来。

"据我所知,风纪部每个学期都会举行竞选,而风纪部部长这个职位……却从来没有换过人。"白兰度不紧不慢地说。

虽然白兰度没有说明,但傻子也明白他的意思了,卞青窈抢先反驳道:"你做梦!风纪部是阿燮一手创建的,部长这个位置你想都别想。"

白兰度不为所动,扬起一抹邪气的笑容:"这可不是你们说了算。圣樱学院的校规里可是明文规定,每个学生都有权利参加社团竞选……我想,韩圣燮,你也是时候该让出这个位子了吧?"

韩圣燮的眼底闪过一道幽暗的光,并没有回答。

"怎么?难道爷爷是校董,孙子就一定是风纪部部长吗?"白兰度神色肃穆,"按照公平原则,重要的职务不是应该让更有能力的人来担任吗?我在卡罗伊斯学院就是学生会会长,没人比我更明白,怎么管理好学校的社团。"

他将目光转向韩圣燮:"如果你认为你有能力继续担任风纪部部长,那下个月的风纪部部长竞选,你和我堂堂正正地一较高下,看看谁才更有资格。"

白兰度的话掷地有声,注视着韩圣燮的目光中藏着隐约的兴奋,他很好奇韩圣燮

第七章 07
挑战！不容侵犯的学院社团意志

接下来会采取什么样的行动，来应对他抛出的难题。

"你想当风纪部部长？"终于，韩圣燮缓缓开了口。

刚才，韩圣燮一直没说话，是因为想到了另外一件事——那一封来自神秘人"E"的邮件。这封邮件和黑色笔记本是在白兰度转入圣樱学院后出现的，并且之后学院里发生的种种事情都十分古怪。白兰度不仅大手笔地买下月光古堡，还在校园里公然骑马，以一种极其瞩目的方式闯入了学生们的视线；又在古堡里免费举办马术课与礼仪课俘获学生们的心……如果神秘人"E"跟白兰度真的有关系的话，那么他真正的目的是来复仇。拿下风纪部部长的职位，搅乱学校治安？他不必拿到这个位置，也完全可以办得到，学院社团的大批社员出走已经是最好的例子。韩圣燮深知事情不会这么简单，却一时间也厘不出更多的头绪，看来只能见招拆招，先看白兰度下一步的行动吧。

"如果你早说，可能就不必费那么大劲了。"韩圣燮取下架在鼻梁上的黑框眼镜，朝白兰度微微一笑，"可以啊，我接受你的挑战。"

莫名地，白兰度感觉后背有凉意攀爬。

3

与韩圣燮共事这么久，卞青窈已经与他培养了很深的默契，见韩圣燮这么说，她立马明白了其中的意思。

"你是那个'E'？是那个发送神秘邮件的人？"她像箭一样冲到白兰度的跟前，连珠炮似的质问，"你为什么要这样做？破坏圣樱学院对你来说有什么好处？"

什么？神秘人"E"是白兰度？那封邮件的内容顿时在闻人唯的脑海中展开。如果他真的是神秘人"E"，那么他真正的目的竟然是来向圣樱学院复仇……她一时间有些迷茫，看起来韩圣燮和卞青窈知道很多，那么凌步翡肯定也知道些什么。她看向凌步翡，然而本来正望向她的凌步翡顿时像烫到了一样，视线猛地移开了。

看来，上次在公交站的事，凌步翡还没有释怀……

"什么邮件？你在说什么？"白兰度莫名其妙地看着卞青窈，好像并不懂她在说什么。

卞青窈死死地盯着他："不管你在别人面前表现得如何无辜善良，都别妄想骗过我。我实在是太了解你的本性了！你才来圣樱多久？就已经把学校搅得天翻地覆了。你想当上风纪部部长，难道不是想要毁掉圣樱学院吗？"

白兰度"扑哧"一下笑出声来："我哪有那么厉害？我不也邀请你来月光古堡参观过吗？大家都是自己选择来月光古堡参加课外活动的，他们宁愿退社也要来上我的课，证明你们的社团太无聊了，跟我有什么关系？"

"我是复古社社长，社员宁可退社也要去参加你的马术课，你说你没使坏我才不信。"见白兰度三言两语就把自己的责任撇得一干二净，闻人唯气呼呼地反驳起来。

"只是一个风纪部部长而已，你们至于这么小题大做吗？再说我们是公平竞争。我又不是黑暗势力，想要毁灭宇宙……"

这时，一直躲在艾蜜橘身后的原葵斗悄悄地走到了闻人唯身旁，在她耳边小声说："其实不是这样，我听'小雀斑'说，白兰度许诺只要学生们肯退掉学校的社团来参加月光古堡的课程，不但不收费，还会得到一笔数目可观的奖金，很多人都是这样被迷惑住了。"

"奖金？"闻人唯震惊地喊出了声，一时间在场人的目光都落在了她身上，她瞪大眼睛质问道，"白兰度，你还敢说公平竞争，难道同学们纷纷去参加你的马术课，不是冲着你给的奖金去的吗？"

第七章

挑战！不容侵犯的学院社团意志

卞青窈立马露出冷笑，看向白兰度的目光中多了几分鄙夷："垃圾！"

艾蜜橘不可思议地捂住了嘴巴。

凌步翡没有丝毫反应，像个局外人似的站在那儿。

而韩圣燮并不意外，似乎早就知道了。

"哦，我只提供了一笔交通费给他们。毕竟，从学校到月光古堡还是挺远的，每个月交通费算下来也不少啊。"白兰度狡猾极了，不承认自己在用金钱迷惑学生。

闻人唯从未见过如此厚颜无耻之人，她现在终于明白卞青窈的心情了，又气又急："你还狡辩！这算什么公平？"

"哦？闻人唯同学，你觉得怎么样才算是公平呢？"白兰度饶有兴趣地看着她。

"当然是不用任何手段，靠自己的能力选上！"

白兰度摸了摸光滑的下巴："对哦，我听说你是这一届幻花少女大赛的冠军，赢过了圣玛丽女子学院的学生会会长月琦蔓。"

"那又怎样？"闻人唯反问。

"我当然可以做到公平，只要……"白兰度的话锋一转，"我的对手是你。"

"小唯，别！"

"卑鄙！不要答应他！"

卞青窈和原葵斗同时出声劝阻道。

意外的是，韩圣燮那双黑曜石般深邃的眸子，却朝闻人唯投来了意味深长的目光。

闻人唯看懂了他的眼神，顿时受到了鼓舞，一股热血冲上脑门："赌就赌！如果我赢了，你就要撤销这种卑鄙的奖金诱惑，把我们的社员还回来！"

"小唯，你知不知道自己在说什么？"

"不要冲动啊！"

白兰度开口道："好。一个月后，在圣樱学院下一任风纪部部长选举上，我们公平对决。如果我赢了，风纪部部长的位子就是我的……如果我输了，不但立刻撤销所有的奖金援助，还立马结束交流学习，返回卡罗伊斯学院。"

卞青窈愤愤地开口："说得冠冕堂皇有什么用？有本事你冲我来，干吗拿小唯开刀？"

白兰度轻轻扫了卞青窈一眼。不知道为什么，闻人唯觉得白兰度这一眼满含复杂，有懊恼、愤懑、忧伤……还带着一丝道不明的情绪。正当她想要瞧个仔细，白兰度变

回了"笑面虎"的模样,让她又觉得刚才那一眼只是她的错觉。

"你说话算数!"闻人唯无所畏惧地应下了挑战。

"希望你也是。"白兰度露出心满意足的微笑,起身离开了。

刚才发生的事情,艾蜜橘一时间不能接受,白兰度在她心中的好人形象轰然崩塌,然而她还在试图帮白兰度找借口:"这……这说不定是有什么误会吧!白兰度是哥哥的好朋友,他不应该做出危害学校的事啊!"

"他自己都承认了。"卞青窈毫不留情地打破她的幻想。

"可……可是现在,小唯怎么办……"原葵斗在一旁弱弱地问。

顿时,办公室内陷入一阵沉默,大家的目光齐刷刷地落在了韩圣燮身上。

虽然应下赌约时豪气万千,但闻人唯心里丝毫没底,下一步应该怎么走,大家都在等待韩圣燮发话。

韩圣燮胳膊撑在办公桌上,双手交握抵住下巴,似乎一点儿都不担心。

"你们怎么想的?"他问道。

"白兰度是卡罗伊斯的超级优等生,全校第一,拥有十项才艺……是个比月琦蔓还棘手的人物。"凌步翡客观地分析。

"白兰度就是故意下套,激小唯答应比赛。他知道自己如果跟阿燮对上,胜算不高,干脆就挑个软柿子捏。这赌约,很明显,小唯太吃亏!"卞青窈这么一说,在场的人更深感白兰度的可怕。

原葵斗一听慌了,劝阻道:"是啊,小唯,这样的赌约,已经超出你的能力范围了……现在反悔还来得及,我们赶紧拒绝掉吧。"

虽然大家都是为她好,但是闻人唯越听逆反心理越重,什么叫"软柿子"?她才不是好欺负的人呢!

"不!我不会改变主意的!"

4

"我觉得小唯她能做到。"

韩圣燮起身站了起来,拿起桌上的眼镜重新戴上,竟然露出一抹微笑,那笑容如春花绽放:"有时候,奇迹也许就在你们不知道的地方发生。"

闻人唯对上韩圣燮的目光,从他的眼睛里找到了满满的信任,也不禁微笑了起来。

办公室内本来低沉的气氛,一下子变得微妙起来。

卞青窈摸了摸胳膊上的鸡皮疙瘩,原来还想说什么,这下也被堵回了嗓子眼。而凌步翡的脸色变得有些难看,找了个借口便狼狈地离开了。

看着凌步翡匆匆离开的身影,闻人唯这才发觉风纪部有个人没在,她疑惑地问:"阿燮,月琦垩呢?怎么今天没看到他?"

"他去了一个地方,暂时不在学校。"韩圣燮看了一眼腕表,"八点十五了,大家都回去上课吧。"

艾蜜橘和原葵斗闻声最先逃也似的走了,两个人都惧怕韩圣燮,生怕被抓典型。

韩圣燮与闻人唯、卞青窈一同出了办公室。

"不行,我不服气!"卞青窈猛地顿住了脚步,英气的眉毛竖了起来,"你们先去上课吧,我要去找白兰度问个清楚!"说完,身影很快消失在走廊的尽头。

"由她吧。"闻人唯想要阻拦,韩圣燮拍了拍她的肩膀,轻轻道。

晚上,艾蜜橘特意跑来闻人唯的寝室找她写作业,早上发生的事情一直在她心里挥之不去,写着写着,就烦躁地放下了手中的笔:"啊!好郁闷!白兰度大哥他到底为什么要这样?"

为了安抚艾蜜橘,写完作业后,闻人唯在电脑上播放起了最近新出的搞笑电影,刚刚看了个片头,就传来"笃笃"的敲门声。

闻人唯起身去开门,被吓了一跳。

女生公寓这一层走廊的灯的线路出了问题,整个走廊昏暗,只有朦胧的夜色从走廊两旁的落地窗外渗透进来。寝室门外站着一个女生,个子高瘦,双肩耷拉,长长的头发披散在前,把整个脸都遮住了,看起来特别瘆人。闻人唯"唰"地出了一身冷汗。

"你……你是哪位啊?"她嗓音颤抖地问。没想到,那个长发女生猛地扑进闻人唯怀里大哭了起来。

"青窈?"

闻人唯把哭得稀里哗啦的卞青窈迎进门来,这还是她第一次见到卞青窈这个样子:精神萎靡,一脸颓丧,长发被泪水黏糊糊地粘在脸上,还哭岔了气,疯狂打起了嗝。

"青窈,你怎么了……怎么受了这么大打击啊……"艾蜜橘小心翼翼地递给卞青窈一盒草莓牛奶。

"嗝……谢谢。"卞青窈伸手接过,狠狠地吸了一大口牛奶,"我和白兰度大吵了一架,现在可以肯定,那个'E'绝对就是他!"

"什么?"闻人唯和艾蜜橘异口同声,只不过闻人唯是震惊,而艾蜜橘是一头雾水,她还不知道神秘邮件这件事。

见艾蜜橘一脸茫然,卞青窈气愤地说:"对了,蜜橘,你还不知道这家伙的真面目,我一定要跟你说清楚,免得你受骗。"她盘腿而坐,把风纪部收到的神秘邮件和那个黑色笔记本的事一股脑儿告诉了艾蜜橘。

这些事,艾蜜橘第一次听说,她目瞪口呆:"不会吧……"

"那家伙做的卑鄙事太多了!有什么不可能的?"卞青窈越说越激动,"他最擅长的就是迷惑小女生。表面上对你很温柔,关怀备至。实际上肚子里满是坏水。你别傻乎乎地被他卖了还帮忙数钱!"

"白兰度真的亲口承认自己是'E'?"闻人唯满腹狐疑。

明明早上在风纪部,他还一脸毫不知情的样子啊……为什么到了晚上卞青窈去质问,白兰度反而承认了?

"不……"卞青窈咬了咬嘴唇,"他那么狡猾,当然什么都不会说,所以我这次才忍不住和他大吵了一架!"

第八章

为了学院的荣耀

1

"如果真的是白兰度大哥,他为什么要这么做啊……"艾蜜橘可爱的小脸上满是不解。她实在想不通,一个家境优渥、多才多艺的卡罗伊斯学院的风云人物,竟然不远万里跑到圣樱学院来复仇?怎么看,他之前的人生都跟圣樱学院八竿子打不着啊……而且,白兰度明明跟她说是来找寻她失踪的哥哥的……

"是啊!"闻人唯挠了挠脸颊,"我也想不通,白兰度真要搞垮学校的话,对他来说有什么好处啊?"

面对两个人的疑惑,卞青窈望着窗外柔柔洒进来的清冷月光,与屋里温暖的橘光交映,缓缓道来:"那是你们不知道,他曾经做过什么……"

她的语气中带上了一丝淡淡的惆怅,那清婉柔和的声音如潺潺的流水,将两个人带入了十年前的那个夏天……

"我们生活在邻市的花照孤儿院。和其他的小朋友不同,我、步翡、白兰度三个,一出生就被遗弃在孤儿院门外,从没见过自己的父母,也不知道自己的身世。所以,我们三个就像真正的亲兄妹一样,相依为命。

"我们孤儿院,原本是明星孤儿院。老院长他放弃了自己的生活,花费了一生的积蓄收养了几百个孩子。他从没嫌弃过我们是孤儿,也不对身体有缺陷的孩子区别对待。他是那么温暖、那么慈爱……是我们生命中唯一的阳光。老院长把我们当成自己的亲生孩子一样,可是这一切,全都被白兰度毁了!

"因为孤儿院名气很大,所以很多富豪和慈善家都会选择来我们孤儿院领养儿童……我们三个因为长得好看,一直是孤儿院的明星孩子,老院长一直努力培养我们,让我们在媒体镜头前亮相……"

"等等,"闻人唯觉得哪里有点儿不对劲,"这不是让你们打广告吗?"

"才不是!"卞青窈立马反驳道,"院长这么做,只是为了得到一些赞助费,是为了给孩子们更好的生活!我们三个原本约好了,永远也不离开老院长的。是白兰度!白兰度他背叛了我们!"

说到这里,卞青窈忽然闭上嘴,似乎沉浸在了自己的怒火中。

"他做了什么?"闻人唯追问。这正是关键所在,她几番问凌步翡,卞青窈与白兰度为何闹翻,但凌步翡也一无所知。当年到底发生了什么,她一直很好奇。

卞青窈回过神继续说道,语气沉重痛苦起来:"他出卖了老院长。为了被海默因

第八章 为了学院的荣耀

希伯爵领养，昧着良心做伪证，帮助伯爵指控孤儿院院长收受贿赂……老院长被抓进了监狱，而孤儿院也从此解散了。这些都是我亲眼看到的。"

"怎么会这样……"艾蜜橘发出一声惊呼。

闻人唯倒吸一口凉气，原来白兰度是导致孤儿院解散、让相依为命的孩子们流离失所的罪魁祸首。

"那天晚上，我半夜醒来，发现白兰度不在，跑到走廊上去找他……"

穿着白色蛋糕睡裙的小女孩从沉沉的睡梦中醒来，想要上厕所，却害怕独自走过通往厕所的幽暗的长长走廊。一向都是白兰度陪她去上厕所，于是她起身去找隔壁房间的白兰度，发现本应该在酣睡的他不知去向。

她慌张起来，跑到走廊里寻找白兰度。

走廊上铺着厚厚的地毯，是老院长怕孩子们嬉戏玩耍时摔伤，特意铺设的，人踩在上面一点儿声音都没有。小女孩摸索着往前走了一段，漆黑的走廊里空无一人，令人心生惧意。

"白兰度，白兰度，你在哪儿啊？快出来，我害怕……"

小女孩揪着衣角，左右张望着，白天看起来很平常的壁画和柱子此刻显得诡异狰狞，直到走到走廊的拐角处，前方有一扇虚掩的门里透出来一丝灯光，她高兴地奔了过去。

这是一间超级豪华的客房，昂贵的沙发和家具，精致的挂画和装饰品，就算卞青窈年纪还很小，她也知道这间客房是老院长用来招待尊贵的客人的。

她透过门缝好奇地往里看，看到一位金色头发的老先生，正神采奕奕地坐在沙发上。

那位老先生是白天来孤儿院参观的客人。白兰度跟她说，这位老先生是所有来过孤儿院的人中最富有的一位了，别人都尊敬地称呼他为海默因希伯爵。

海默因希伯爵和白兰度长得很像，都拥有金色的头发和碧绿的眼睛。卞青窈第一次看到海默因希伯爵时，还傻乎乎地问白兰度是不是他的爸爸。

白兰度摸了摸她的头，笑着道："怎么会？院长才是我们的爸爸。"

这么晚了，海默因希伯爵还没有就寝，一本正经地坐在沙发上，是在做什么呢？好奇的卞青窈睁大眼睛想看个仔细，却意外看到她找了半天都没找到的白兰度，正坐在海默因希伯爵对面的沙发上。

白兰度看起来有些不知所措。

海默因希伯爵洪亮的声音从门缝里传了出来："你好好想想吧，能够成为我的儿子，

这样的交换条件难道不够吗？孤儿院的这块地我一定要拿到，就算没有你，也一定有别的孩子。"

"那……那孤儿院里的孩子们，会怎么样？"白兰度原本就白皙的面容越发惨白。

"反正再坏，也差不过待在这里了。"海默因希伯爵冷酷地笑了起来。

卞青窈听得一头雾水，本来还想再听更多，然而忍不住的尿意促使她连忙跑去了厕所。上完厕所后，因为实在太困了，她便回去睡觉了。

第八章 08
为了学院的荣耀

2

"第二天，白兰度当着前来采访的记者面，拿出了一堆老院长收受贿赂和用鞭子抽打孩子们的照片，举报老院长利用孤儿院敛取钱财，虐待孩子们！"卞青窈一口洁白的牙齿咬得紧紧的，"这些照片一定是海默因希伯爵为了陷害老院长而合成的，是白兰度亲手把院长送进了监狱！他明明就是诬陷！诬陷！"

因为白兰度的举报，老院长锒铛入狱，随后年事已高的他在度过了几年的牢狱生活后得病去世了。而白兰度则被海默因希伯爵收养为子，去了国外生活，从此杳无音信。卞青窈后来得知，孤儿院的地皮被海默因希伯爵买下，开发成了五星级温泉度假山庄，至今仍是邻市最受欢迎的温泉度假场所之一。

从此，白兰度成为卞青窈最恨的人。

"海默因希伯爵一生没有儿女，白兰度是他唯一收养的孩子，也是他所有财产的继承人。海默因希伯爵为达目的不择手段，这么多年，白兰度一定帮他做了很多坏事。"

卞青窈话音落下，屋子里陷入了久久的沉默。她的讲述令艾蜜橘备受打击，哥哥怎么会跟这样一个拜金的坏人成为朋友？哥哥不是最有主见、三观最正的人吗？白兰度，为何要借着来寻找哥哥之名，欺骗她、接近她，他想从她身上得到什么？而闻人唯总觉得，这个故事里有些地方被遗漏了，她却想不出哪里不对。

"其实，我还有一件担心的事。"卞青窈打破了沉默，语气不复之前的愤怒，变得无比凝重，"我怀疑，白兰度这次故技重施，是想拿走圣樱学院！"

"什么？"闻人唯震惊地喊出声。

这个猜测太不可思议，然而仔细一想，又好像最合理。不然，他干吗大费周章想要整垮圣樱学院，怎么看，圣樱学院都跟他没仇。如果是想要借着复仇之名夺走圣樱学院，这一切都说得通了。

"可是，仅仅夺走风纪部部长，就能把圣樱学院占为己有吗？难不成他要弄垮圣樱学院，然后再花钱收购这里？学院都垮了，这里还有什么好收购的……"闻人唯又陷入了新的不解中。

"你们知道圣樱伯爵的传说吗？"卞青窈问。

说到圣樱伯爵，闻人唯想到"小雀斑"之前在教室里讲的那段传奇历史。据"小雀斑"所述，是圣樱伯爵建立了宝星市，在得知当地居民要联合反抗他，便携着家人连夜逃走，不知所终了。圣樱学院是这位伯爵建给自己的后裔读书的。而白兰度来的当晚，一道

闪电劈裂了圣樱纪念碑，纪念碑下所藏的地下室，据说正是伯爵的遗居。

闻人唯刚想回答卞青窈，艾蜜橘开口了："你是说，他要以伯爵后裔的名义，将圣樱学院的归属权夺过来？"

卞青窈点了点头。

"怎么可能啦？他要真的是伯爵的后裔，早就拿出证明文件，也不用这么大费周章。他要不是伯爵后裔，董事会又不傻，凭什么让他继承？"闻人唯怎么想都觉得很荒诞。

"圣樱学院里有一个隐秘的传闻，据说伯爵一直害怕有一天自己的财富会遭人惦记，于是提前将自己大半的宝物分散藏于圣樱学院里，这些宝物的下落至今成谜。我想他可能是觉得总有一天会回来取走吧，但到现在，他的后裔也没出现过。"卞青窈又抛出一条重磅消息。

落魄的村落变成富饶的宝星市，这位伯爵究竟有多少财富呢？不用想，一定是非常可观了。

如果是为了拿到这笔宝藏……

"依我看，按白兰度的狡猾程度，就算他不是，他都有办法让自己成为那个伯爵后裔。"

毕竟，金钱的诱惑不是谁都能抵抗得了。更何况是那位已经很富有，但仍然贪得无厌的海默因希伯爵。

虽然说，对于谁管理圣樱学院，跟她这名普通的学生并没有多大关系。但是想到韩圣燮为这所学校付出了太多的心血，他是真正在为学校付出的人。

这里还有她在乎的大家……她看了看神色憔悴的卞青窈，又看了看伤心难过的艾蜜橘。

绝不能让白兰度为了一笔虚无的宝藏而毁掉圣樱学院。

"我不会让他得逞的！"闻人唯紧紧攥起拳头，郑重道。

不管白兰度有什么阴谋，她一定要赢得比赛！

3

没过多久，白兰度那独特的黑卡镏金"战书"便被送了过来，闻人唯拿着"战书"急匆匆地跑到体育馆顶楼的玻璃花房，想要让韩圣燮跟她一起看，好出出主意。没想到刚打开挑战书，她就傻了眼。

"君……君子六艺？"

正给植物浇水的韩圣燮听到，放下手中的喷水壶，走向了闻人唯。

"白兰度要和你比试君子六艺？"韩圣燮露出赞赏的神色，"他十年来一直在国外生活。比试这种项目，对你来说也算是公平了。"

"可是……"闻人唯迷茫地看向他，"君子六艺是什么啊？"

顿时，韩圣燮僵住了。

"你身为复古社社长，连君子六艺都不知道吗？"韩圣燮恨铁不成钢地伸手在闻人唯的头顶上拍了一下，本来是想下狠手，但真打过去又不忍心，减缓了力度，最后好像变成了轻抚。

"我所有的记忆都没了，什么都得从头学，这种听起来就很冷门的东西我不知道也很正常嘛……"闻人唯有些委屈地解释道，越说越没底气。

闻人唯这么一说，韩圣燮也不好指责她什么，颇为无奈地感慨了一句："艾蜜橘的胡乱发明还真的坑了不少人。"

他向闻人唯解释了起来："白兰度应该事先打听过，所以下了这个主题的战书。'君子六艺'是我国周朝时期诞生的贵族教育体系，你当初建复古社不正是因为你热爱制作古风手工品吗？而'君子六艺'正是属于复古的范畴。他肯定以为你很了解我国古代史，遂定下这个主题，以显公平。谁能想到，你连题目都看不懂……本来能占一点点优势，这下反倒成劣势了。"

"至少我不会轻敌了嘛……"闻人唯自我安慰道。

韩圣燮推了推眼镜，问道："'君子六艺'包括礼、乐、射、御、书、数，你知道这些都指的什么吗？"

"不知道。"闻人唯诚实地摇了摇头。

"就是礼仪、音乐、箭术、马术、书法、数学！"

"哦，"闻人唯兴奋地拍了下手，"原来是这些呀！直说不就行了吗，文绉绉的，多让人不明白！"

"这六个项目发展至今天,已经有了很大变化。那么在这六个项目中……"韩圣燮不抱任何希望地问,"你觉得哪一项你能赢?"

夕阳的余晖从玻璃花房的顶端照射下来,越过层层叠叠的植物枝蔓,在两个人身上投下斑驳的金色光影。等了好一阵,韩圣燮也没得到回答,看样子是一项都不会了。他长臂一伸,径直将娇小的闻人唯单手拎了起来。

"既然这样,从此刻开始,接受地狱式的魔鬼训练吧!"

一听到训练两个字,闻人唯吓得赶紧挽救道:"等等,我觉得我可以试试看,比如那个马术……"

韩圣燮忽视闻人唯的话,不顾她的挣扎,无情地把她拖出了花房。

"啊!不要啊!"

第二天正好是周末。

清晨五点半,天还没亮,睡梦中的闻人唯就被韩圣燮派来的卞青窈拖出了被窝,被拖到风纪部办公室后,还没坐稳,手里又被韩圣燮硬塞了一本厚厚的书。

"这是什么……"她揉揉惺忪的眼睛,"餐桌礼仪?"

翻开书的第一页,上面密密麻麻印满了小字,看得闻人唯顿时头昏脑涨起来。

"用餐时脊背必须挺直,不能接触椅背,淑女最好只坐椅子的三分之一位置……这怎么可能做得到呀?我只会躺在床上吃零食。"

韩圣燮毫不留情地在她头上敲了一下:"不许反驳,把它全部背下来!"

太惨了……真是太惨了!

早餐时,一大块闻人唯最爱的抹茶慕斯蛋糕掉在了盘子边,韩圣燮却不准她捡来吃。

"干吗这么看着我?"

韩圣燮动作优雅地将蛋糕盘子收走,扫了一眼桌子上还未动的一碗汤:"没吃饱?你还可以喝汤啊,喝汤不用挺得那么笔直,你能稍稍点点头。"

"你见过谁只用点头就喝汤的?"闻人唯忍不住咆哮。

"嘘,轻声。"韩圣燮竖起修长的食指比在唇边,"记住,要淑女一点儿。"

这一顿早饭,吃得闻人唯都要崩溃了,她压根没吃几口东西,全部的精力都集中在怎么做好用餐礼仪上,一顿早饭吃了两个多小时,而且中途还不许去卫生间。如果说昨天她还对自己信心满满,到了现在,那可笑的雄心壮志已经被韩圣燮打击得丝毫不剩。

第八章 08
为了学院的荣耀

什么破"贵族礼仪",吃个早饭竟然这么麻烦!

"好累啊……"

闻人唯瘫倒在餐桌前,明明才早晨八点不到,她就已经筋疲力尽,连抬起手的力气都没有了……

"好了,休息够了就继续吧。"

"还有?"闻人唯震惊地喊道,"你还是不是人?"

韩圣夑的薄唇弯起了一个优美的弧度:"别急,很快你就会知道我是不是人了。"

4

闻人唯觉得自己连原本的走路、吃饭方式都不会了。

当第101次记错倒茶和倒酒的规矩，被韩圣燮用银勺敲手背时，她再也无法忍受。

"不学了，不学了！这些鬼礼仪一点儿用都没有！饭都吃不饱！"闻人唯不满地噘着嘴，决意甩手不干了。

韩圣燮乌黑的眉头轻蹙起来，他倾下身，双手扶在闻人唯的双肩上，平视着她，认真地说："小唯，你要明白，这次的赌约，并不是同学之间的玩笑而已。"

看着韩圣燮黑曜石般的双眸下青色的眼圈，闻人唯突然发觉不仅仅是她，韩圣燮也在承受着极大的压力。韩圣燮如此相信她，她也不能辜负他的期望。

"我知道了。"闻人唯咬咬牙，重新拿起了桌上的空玻璃杯练习起来。

小小少女认真的样子特别可爱，韩圣燮忍不住伸出手轻轻揉了揉她的头。

礼仪训练一直持续到傍晚六点半，闻人唯终于可以勉强用优雅的贵族礼仪吃饭后，韩圣燮带着她来到了图书馆自习室。

夜晚的自习室人不多，韩圣燮找了一间无人的单间，把一堆堆得比山还高的书放在桌子上。

"想去哪儿？"

闻人唯转身想跑，韩圣燮高大的身躯犹如鬼魅，迅速堵在了自习室的门口。

"我……上……上个洗手间。"闻人唯咽了口唾沫，艰难地说。

"我陪你去，"韩圣燮彻底断绝了闻人唯逃跑的念头，拍了拍桌上的书，"去完洗手间后，回来接受我的辅导。"

"能不能明天再说啊……我好累……"她哀求道。

"今天只用做三套试卷，做完就让你回去睡觉。"

"啊啊啊！你这个恶魔！"

凌晨一点，闻人唯迈着虚弱的步子，跟跟跄跄地回到了公寓，连澡也顾不上洗，就一头栽倒在床上。

昏昏沉沉地睡着之前，她嘴里还念叨道："现在是凌晨一点零三分，再过多少分钟，分针和时针第一次重合……"

第八章 08
为了学院的荣耀

第二天一大早，韩圣燮的夺命追魂电话又来了。这次，他牵来了两匹马，在学院草坪上教闻人唯马术。

闻人唯有过和父母一起在非洲生活的经历，虽然已经记不得，身体却还保有骑斑马的本能，并没有花费很多时间，便对马术驾轻就熟了。随后，韩圣燮带她来到了弓道部的练习室，让闻人唯学习射箭。

虽然在英语、数学等方面，闻人唯的积极性和学习能力不尽如人意，但拥有很高的运动天赋，箭术稍微练练，立马就有模有样了。

"9环！"

听到弓道部老师的报数，闻人唯开心得跳了起来，脸上染上激动的红晕，小跑到韩圣燮身边："看到了吗？看到了吗？9环哎！今天的最好成绩！"

"嗯……不错。"韩圣燮双手抱胸，英俊的面容上露出一丝赞许，"我们可以提前进入下一个环节了。"

"下一个环节是什么？"闻人唯不由得好奇。

韩圣燮没有回答，锐利的眼睛里闪过一丝神秘的笑意，带着闻人唯来到了音乐室。

音乐室内，月琦蔓正端坐在古筝前，她穿着一身淡粉色的汉服，深绯色的腰带勾勒出纤细的腰身，长长的襦裙像花瓣般散开；漂亮的长发盘起，插着精致的宝石花瓣步摇；水盈盈的双眸两边贴着桃色的花钿，指如葱根的手上拈着一把美人团扇。

"哇！"闻人唯只能用感叹来表达内心的震惊，"你怎么穿成这样？"

"要做你的古乐和书法老师，当然就要打扮一下啦！"月琦蔓朝闻人唯妩媚地眨眨右眼，执扇掩住半张脸，"怎么样？漂不漂亮？"

"嗯！好漂亮……"闻人唯欣赏了一阵，忽然后知后觉地反应过来，"等等，你说什么？什么老师？"

听到闻人唯的夸赞，月琦蔓嘴角忍不住得意地上扬："你的书法和古乐老师呀！"

但笑容还没持续多久，她就被闻人唯那副不情愿的模样气到了："你应该感到荣幸。你以为我多愿意教你吗？谁让你擅自和白兰度订下赌约，都不问问我。"

"为什么要问你？"闻人唯傻乎乎地反问。

月琦蔓翻了个白眼，对闻人唯提的这个白痴问题感到无语："你可是在幻花少女大赛中赢过我的人，要是输给了白兰度，那岂不是说明我也不如他！我绝对不能让这种事发生。"

闻人唯朝韩圣燮投去一个可怜巴巴的眼神,想要求助。

韩圣燮绷起白皙英俊的脸:"月琦蔓精通各种乐器,也是书法大家的弟子,让她来教你书法和音乐,是再好不过的选择。"

"等等……"

"等什么,乖乖来接受我的淑女大变身的训练吧!"

第九章

名动迦蓝

1

"啪！"

扇子狠狠拍下，在闻人唯光洁白皙的额头上留下一块红印。

"闻人唯！你这叫写字吗？简直不敢相信！我从没见过这么丑的字……"月琦蔓漂亮的脸蛋都在抽搐。

"我觉得还好……"闻人唯攥着手里的毛笔，还想再狡辩一番，然而看到自己的字后，实在是没脸再自夸下去——用来练习的羊毛毡和吸水纸上，墨汁到处都是，字歪歪扭扭的，如同狗爬的一般。

"你这字根本就是行走的蝌蚪，"月琦蔓冷酷地下达了"死亡通知书"，"没救了，我们还是把时间集中放在音乐上吧。"

本来月琦蔓觉得相对于乐理的复杂，书法更容易上手，谁知道对一窍不通的闻人唯来说，根本不存在"容易"这一说。字帖写了无数遍，仍然毫无起色。她只好决定放弃书法，着重培养闻人唯的音乐。

已经是下午时分，音乐教室的走廊静悄悄的，跟上午韩圣燮带她来见月琦蔓时没什么变化。很显然，学生们都被白兰度的奖金诱惑到了月光古堡。

走在前面的月琦蔓忽然减缓了步伐，扭过头来，带了几分认真，说："幸好，你和白兰度的比试是一个月以后，还有时间准备。闻人唯，你一定得赢。要不然，圣樱学院的社团就完了。"

"月琦蔓……"闻人唯的心中漫过一股暖流，这还是第一次，月琦蔓开口鼓励她。

"行了，别恶心兮兮地看我。"月琦蔓嫌弃地看了她一眼，"我才不是要给你加油，只是不想你输给白兰度而已。"

闻人唯的脸上绽放出灿烂的笑容："知道了！我一定不会输的！"

然而，理想很美好，现实却是残酷的。

没想到，闻人唯连音乐天赋都丝毫没有，钢琴、小提琴、吉他、长笛……一连换了十几样乐器，月琦蔓做示范做得手指都要抽筋了，她却还是一头雾水。最后月琦蔓实在没办法，做主替她选了一样。

"就这个吧！古琴！"

之前在幻花少女大赛上，闻人唯的架势还是有模有样的，事到如今，也只有赌一

第九章
名动迦蓝

把了。

"古琴，长3尺6寸5分，代表一年有365天，最开始只有5根琴弦，代表了宫商角徵羽这五个音调，而现代的琴弦则有了一些改动……"

上完理论课后，穿着汉服的月琦蔓向闻人唯示范如何弹奏古琴。她挺直脊背，轻抚琴弦，高雅空灵的声音在室内缓缓流淌，轻挑细捻，时而像清脆的玉珠掉落在地上，时而又像是婉转轻盈的蜻蜓轻点荷间，一曲终了，连月琦蔓也觉得自己的心灵得到了洗涤。

她长呼一口气，回过神来："好久没有弹古琴了，技艺有点儿生……"

本该坐在对面静心欣赏琴音的闻人唯，居然已经闭上眼睛睡着了。

"闻人唯！"月琦蔓从身旁捡起团扇朝闻人唯丢了过去，"你这笨蛋，快给我醒过来！"

"哎哟！"

"你还敢睡觉！"

"啊！对不起！"

经过一天鸡飞狗跳的练习，闻人唯终于勉强学会了认音调和琴弦。

晚上，闻人唯抱着月琦蔓借给她的古琴，筋疲力尽地回到了寝室。还没等她坐下，月琦蔓就连发了三条微信过来。

【我是你家大小姐：别忘了今天学的练习曲，练二十遍才准睡觉！】

【我是你家大小姐：听见没有！不许装死！】

【我是你家大小姐：不行，我还是不放心，录像给我发过来，我要亲自监督。】

闻人唯看着自己的手机，第一次有了想要把它冲进马桶里的冲动。

她哀号一声，揉了揉自己发红的指尖，认命地摆好琴，开始了折磨耳朵的练习。

"铮铮铮！当当！嗡……"

明明在月琦蔓手里很轻柔曼妙的乐声，到了闻人唯这儿，就变成敲破铜烂铁的声音，不仅难听还刺耳。还没弹多久，住在隔壁寝室的女生就找上门了。

"别弹琴了！影响到我学习了！"

"就是就是，我还在做数学作业呢，思路一下子就被打断了！"

闻人唯赶紧道歉："对不起，对不起，我小点儿声啊。"

送别了女生后，她深吸一口气，手放在琴弦上轻轻一抚："嗡！……砰咚咚……"

对门寝室的女生又找上了门。最后，闻人唯不得不停止了练习。

五天后——

"闻人唯！"

"哐哐哐"的捶门声响起，屋里的闻人唯赶紧停下弹奏，慌张地把古琴藏进了被窝。

虽然已经被警告了很多次，但为了早点儿上手熟练起来，她还是会在寝室里偷偷练习。

打开门，闻人唯正对上宿管阿姨锐利的目光，宿管阿姨挥舞着手里的本子："闻人唯，这是这礼拜你第一百七十八次被投诉扰民了！现在，把你的'作案凶器'交出来吧。"

"啊，不要啊……"她恳求道。

阿姨径直走进房间，铁面无情地从被窝里搜出了古琴，拎着走了出去，只留下闻人唯一个人垂头丧气地站在门口。

走廊里其他寝室的门纷纷打开了，女生们一边看着热闹，一边朝闻人唯指指点点——

"这次是谁投诉的啊？真是大快人心！我这个礼拜都没睡好，快神经衰弱了。"

"我也是啊，听到这琴声就做噩梦，没有音乐细胞就不要学这种东西好吗？"

"听说，闻人唯和白兰度打了赌，要比才艺。"

"啊？她是想用可怕的琴声当武器让对方听到就晕倒吗？"

刺耳的议论声像一把小锤子重重地敲击在她的心上。

闻人唯看着自己的双手，十根手指都已经被磨破，缠着白色的纱布，一碰就钻心地疼，可是都比不上周围同学们的嘲笑让她心痛。

自己这样的努力，真的有用吗？

2

这几天，韩圣燮一直在忙于风纪部的事情，原本他以为有了月琦蔓这样厉害的老师，闻人唯一定能很快上手，所以也没管她，直到接到月琦蔓的电话，他才发觉大事不妙。

"怎么会？你已经两天没见到她人了？"韩圣燮从椅背上拿起外套就往外走，"到底发生了什么事？"

"可能是学得不太顺利吧，这两天我每次去找闻人唯，她都躲着不见人，还给我发微信说自己能力不行。"

天色阴沉沉的，黑压压的浓云让人的心情也没来由地压抑。路上的同学们行色匆匆，忽然间有人惊呼了一声，雨点"噼里啪啦"地砸了下来，在地上浸出密密麻麻的水痕，很快就连成了一片。

同学们纷纷跑了起来，交错的雨丝遮住了韩圣燮的视线，他沉思了片刻，朝某个方向走去。

"嗡嗡"的缝纫机运作声，从手工教室里传出，对于别人来说，这样规律的机械声让人有些心烦；但对闻人唯来说，沉浸在这样的声音中，却会让她紧绷的心情放松下来。

一不留神，缝纫机尖锐的针刺进皮肤，闻人唯顾不上指尖的剧痛，赶紧一把拽起桌上的白色纱罗。然而纱罗上还是染上了血，精美绝伦的金色藤萝刺绣上留下一串红色，像镶嵌在羽叶鸢萝上的红色珊瑚，带着奇异的美感。

"完蛋了……我的衣服……"闻人唯心痛不已。

"这是怎么回事？"

猝不及防间，闻人唯的手被一双大手握住，韩圣燮看着她十根缠满了白色纱布的手指，震惊又心痛地问："你练琴把手练成这样？"

"不……不是啦！之前没注意饮水机，接热水时被烫到了而已……"

"又说谎。"

闻人唯慌慌张张地要抽回手，韩圣燮却紧握住不放，他脸上闪过一丝自责，声音低沉道："你不习惯学古琴，为什么不告诉我？"

"我……我真的没事啦！你怎么会知道我在这儿……"闻人唯嘟囔着想要扯开话题。

"你每次心情不好就会来做手工。"韩圣燮眉头紧蹙，轻轻牵起她的手，"先别

说这个了，跟我去保健室上药。"

他的大手温暖而干燥，小心翼翼地握住闻人唯的手，就像对待易碎的珍宝一般。闻人唯很想撒谎告诉他，她一点儿也不觉得疼，可是看着韩圣燮那副紧张的样子，却又鬼使神差般地没有开口。

虽然她从不是那种受伤了就要人安慰的女孩，但她想要好几天都没空理她的韩圣燮多陪在她身边一会儿。只要韩圣燮在，她那颗彷徨的心就好像找到了降落的地点。

校医有事请假了，保健室里空荡荡的，没有一个人。闻人唯坐在床沿，看着韩圣燮在药柜前忙碌着，心里甜丝丝的。

"忍着点儿。"

韩圣燮端来药品，开始细心地给闻人唯消毒。为了方便闻人唯，平时有点儿洁癖的韩圣燮居然单膝跪在地上。闻人唯怔怔地看着他，第一次发现他眉目微敛的样子是这么好看，睫毛纤长浓密，高高的鼻梁，精致的五官，在保健室的灯光照射下，整个人熠熠发光。

药水的刺痛感瞬间从指间传来，火辣辣的，闻人唯忍不住倒吸一口凉气。韩圣燮赶紧拉住她的手，轻轻吹了吹："不痛不痛，我再轻点儿。"

之后韩圣燮处理伤口的动作尽量保持轻柔，包扎完伤口后，他起身收拾用过的纱布。闻人唯红着脸颊低声道谢："阿燮，谢谢你……"

"笨。"韩圣燮的大手落在闻人唯的头顶，揉了揉她的头，"看窗外。"

闻人唯顺着韩圣燮手指的方向看去，窗外大雨滂沱，樱花树的树枝楚楚可怜地摇曳着。忽然，一个可爱的小脑袋隔着玻璃探了过来，睁着绿豆大的黑亮小眼睛，正用红红的喙轻啄着窗框，发出"笃笃"的声音。

"啊！小鸟！"闻人唯一下子兴奋地站了起来。

韩圣燮走到窗前，轻轻地推开窗户，一只胖胖的灰色小鸟歪着头看了他两眼，大摇大摆地走了进来。发现没有什么危险之后，它"啾啾"朝身后叫了两声，紧接着，好几个小脑袋从窗户边探出，迈开红红的小爪子蹚了进来。

小鸟们一点儿也不怕人，熟门熟路地挤成一排在窗台里蹲坐。闻人唯眼冒红心地看着它们，一副想摸又不敢摸的样子："好可爱啊……"

"这个是文鸟，以前被保健室的医生救过，从此就赖上了这里，经常带着一家子来串门。"韩圣燮白皙英俊的脸上露出一丝笑意，伸手捧起一只最胖的小鸟，放到闻人唯的手心里，"别看长得很可爱，其实最狡猾了，专靠卖萌骗吃骗喝。"

"啾啾！"

小鸟像能听懂韩圣燮的话似的，反驳地叫了几声，圆圆的小脑袋在闻人唯的手心蹭了蹭，舒服地蹲了下来。

"哈哈，好像个糯米团子。"看到小鸟憨态可掬的样子，闻人唯禁不住笑出了声。

"你终于笑了。"身后传来一声欣慰的叹息，闻人唯转过脸，正对上韩圣燮如释重负的帅脸。他轻轻弹了弹她的额头："是我不好，最近忽略了你的心情。"

"不，是我太笨了……"闻人唯内疚道。

与白兰度的赌约就像是一块沉甸甸的大石压在心头，好不容易忘掉了一会儿，这下被重新提起，她又不自觉地开始紧张起来，她放下小鸟，就要往外走："我该回去练琴了……"

"不用了。"韩圣燮一把拽住她的手臂。

"不练琴？那怎么行？"闻人唯急了，"一个月已经过去一个礼拜了，留给我的时间不多了啊……"

"你对弹琴毫无兴趣，勉强也没有用，"他顺势握住她的手，"把自己搞成这个样子，难道就能赢过白兰度？"

"可是不练习，岂不是更没机会？"她沮丧不已。

"海默因希伯爵很重视白兰度这个养子，给他请的都是名师。"韩圣燮伸手揉了揉她的眉心，"不要皱眉了，是我没有考虑好，以白兰度的水平，就连月琦蔓去了也未必能赢他。"

"那怎么办？"听到韩圣燮这么说，闻人唯越发恐慌起来，韩圣燮却将双手轻轻搭在了她的肩上，道："和我约会吧。"

"啊？"

韩圣燮唇边漾起了一抹笑意："我突然想起来，还欠你一个约会。今天你和我就不负责任一天，悄悄地约个会怎么样？"

闻人唯的脸"腾"地热了起来，韩圣燮要是不说，她早就忘了这个约定……

不容闻人唯拒绝，韩圣燮握住她的手腕，往门外走去："走了！"

3

这还是两个人第一次如此闲适地漫步在街头，娇小可爱的闻人唯穿着白衬衣、牛仔裙，身旁高大的韩圣燮身着灰色 T 恤、牛仔裤。不时有路人朝他们投来好奇的目光。

闻人唯有点儿不好意思，想要让韩圣燮放开她，却被他握得更紧了。

"别动，本来就受伤了。"韩圣燮威胁地警示了她一眼，不经意间视线被商店的橱窗吸引。

"怎么了？"

"你在这里等一会儿。"

韩圣燮松开她，径直推开店门走了进去。闻人唯疑惑地望去，发现是一家卖女生衣服和配饰的店，橱窗里摆着各种各样可爱的项链和帽子。韩圣燮走进去不知道和女店员说了些什么，出来时手里多了一个纸袋。

"拿着。"韩圣燮从纸袋里取出一顶可爱的粉色度假草帽戴在闻人唯头上，她一怔，任凭他低头为自己系上草帽的带子。她的脸红扑扑的，韩圣燮系完以后，怔怔地盯着她好一会儿。

"怎么？"闻人唯紧张，"不好看吗？"

"好看，很适合你。"

韩圣燮抬起手摸了摸她的脸，黑宝石般的眸子里闪过疼惜的光："小唯，答应我以后不管遇到什么难题，都不要闷在心里，告诉我，我们一起解决，好吗？"

闻人唯睁大眼睛呆呆地看着他，只觉得浑身暖烘烘的，一股酸酸的感觉冲上喉咙，害得她眼圈都红了。

"嗯！"强忍着鼻尖的酸涩，她重重地点了点头。

原本，韩圣燮打算带闻人唯去游乐场，可刚坐上出租车，司机大叔一听他们的目的地，就毫不留情地发出了嘲笑："今天大暴雨，游乐园怎么可能还营业，你们去干吗？"

顿时，韩圣燮的脸上露出一丝尴尬，坐在他身边的闻人唯，装作没有看到他手机里搜索的"约会十大胜地"的帖子，嘴角却忍不住扬起了一抹甜蜜的笑。

雨天去哪里都不方便，最后两个人决定来韩圣燮家看电视。虽然是第一次来，然而闻人唯一点儿不觉得陌生。客厅明亮干净，摆放着很多盆绿色植物，为初夏增添了许多清爽。热爱种植的韩圣燮的家，跟学校体育馆的温室也如出一辙。

"真是人间天堂了。"坐在舒适的驼色地毯上,闻人唯看着韩圣燮端来切好的西瓜,笑眯眯地说。

韩圣燮被闻人唯那副满足的模样逗笑了:"比去游乐场玩还要好吗?"

"当然!"闻人唯接过一块西瓜咬了一大口。

把果盘放到茶几上,韩圣燮拿了一条毛毯盖在闻人唯身上,随后并肩坐到她身旁,打开了电视。电视里正好在放送一场古风国乐音乐会,著名国乐大师顾百曦在演奏他的成名曲《万花缭乱》,古琴旋律时而激荡,时而悠扬。

"唉,要是我能多点儿音乐细胞就好了……"闻人唯的头靠在他的肩膀上,难过地叹道。

"还有时间,我们一定会找到方法的,不要担心。"韩圣燮安慰地拍了拍她的脑袋。

"嗯……"闻人唯虽然应了一声,但一想起自己糟糕的音乐水平,心情便忍不住低落了下来。韩圣燮拿起遥控器,换起了台:"看点儿别的吧。我家有私人影院,要不然看个喜剧片?"

闻人唯正要答应,忽然电视里镜头一闪,晃过了某个画面,她从地毯上跳了起来,激动地拽住韩圣燮的胳膊:"快快快!换回来,换回来!"

韩圣燮一脸莫名,将台换了回来,没想到让闻人唯如此激动的画面是一条社会新闻,几位考古学家正从泥土中小心翼翼地发掘出一组庞然大物。

"据最新消息,近日,××省××市发现了一座汉代王侯墓穴,陪葬物品包括金银玉石、青铜乐器……"

她欣喜若狂,一双大眼睛闪闪发光:"有了!我好像找到办法了!"

不知什么时候,闻人唯和白兰度的赌约传遍了整个学校,有了之前幻花少女大赛一战成名的成功经验,再加上所有的社团社长"同仇敌忾",支持闻人唯的同学居然也不少。因此,时不时有不认识的同学见到她都会向她打气加油。

闻人唯受宠若惊,却也增添了很多烦恼。她发现自己不能一个人安静地待着了,所到之处,总有人好奇地探头探脑,想看看她到底在做什么。她没有办法,只能时常拜托艾蜜橘和卞青窈,下课后掩护自己溜走。

这天,闻人唯照例从教室里溜走,忽然被几个"小尾巴"跟上了。不知道这几个人是敌是友,为了不让白兰度获取自己的"情报",她故意和这些人在学校兜起了圈子。

然而这些"尾巴"格外执着,她绕了好久,都甩不掉这些人。眼看着太阳就要下山,

她心里不由得暗暗着急，要不是时间紧急，她让艾蜜橘和卞青窈先去排练，不然自己还能多两个帮手。

"喂！你们！"

正焦灼中，一个令人意外的声音响起，苏雪琴带着几个人走了过来，拦住了"盯梢"的那几个学生："没事鬼鬼祟祟地跟着人家干吗？"

闻人唯十分意外，苏雪琴一向看不惯自己，碰面就要讽刺几句，没想到居然会帮忙。

"还愣着干什么？"苏雪琴挡在她面前，"我们罩着你，快去排练。"

"好，谢谢！"闻人唯回过神来，拽起书包就跑，苏雪琴在后面喊道："记住，一定要打败白兰度！"

闻人唯头也不回地挥挥手："知道了！"

4

很快，约定的一个月时间就过去了，压力巨大的期末考试已经结束，据圣樱学院的传统，放暑假前会举办修学旅行，所以考试一结束，学生们的热情空前高涨起来。

这次修学旅行的目的地，让所有人都大跌眼镜，居然是韩圣燮曾经在幻花少女大赛上公开展示过的神秘海岛——迦蓝！一向低调、不显山露水的韩圣燮表示，将免费招待全校学生前去游玩。

面对韩圣燮的大方，竞争对手白兰度也毫不示弱，承包了所有学生的交通费。

在学生们兴奋的议论声中，银色的飞机像巨大的鸟儿，在湛蓝的天空中翱翔。从飞机舷窗往外看，下面是一片广袤的碧蓝海洋，与天空的澄澈融为一体。海面上笼罩着一层薄薄的雾，飞机从云层中慢慢往下降落，迷雾散开，展露出那座美丽的岛。

"天啊！这里就是迦蓝吗？好像传说中的蓬莱仙境呀！"

"小雀斑"拼命摇着坐在她身旁的闻人唯的胳膊，激动得声音都高了好几度。

海岛上耸立着巍峨峻峭的山峰，在黑山之巅，有一座白玉建造的宫殿，古朴厚重的造型，飞阁流丹，檐牙高啄。远远望去，黑山之后还有许多或连在一起，或星罗棋布的清澈池子，从半空中看下去，那宛若仙境的雾气就是从池子里冒出来的。

"是温泉！"有眼尖的同学叫出声来。

只有电视上才看到过的精致楼阁出现在大家的视线中，亭台楼阁依水而建，清雅的水榭里林立着竹林和清幽的小院，用白玉雕成的围栏隔开。

飞机降落到机场上，闻人唯背起随身携带的书包，跟着人群缓缓走出升降梯。

"紧张吗？"

一个清亮悦耳的男声从身后响起，闻人唯扭头一看，白兰度正饶有兴趣地看着她。

"反正稳赢，紧张什么？"她冷哼一声。

白兰度大笑出声："不错，我真有点儿欣赏你了，明天的比赛，我十分期待。"

这时，不远处的韩圣燮扭过头来，朝闻人唯招了招手："你在磨蹭什么？"

"来了，来了！"闻人唯粲然一笑，三步并作两步跑到韩圣燮跟前。

韩圣燮轻轻瞥了白兰度一眼，黑曜石般的眼睛里投去了警告的光。

迦蓝岛不但所有的景致都古色古香，连这里工作人员的制服都是玄色的汉服。

"这里真美，像人间仙境。"闻人唯兴致勃勃地评价，"可惜蜜橘和青窈她们还没来，

要不然大家在这里合影,该多好啊。"

"飞机有限载人数,她们在下一班飞机上,很快就到了。"韩圣燮解释道。

闻人唯点点头,忽然惊呼:"啊!我的行李还没拿呢!"

"不用担心,会有工作人员送到你房间的。"

她这才放下心来,目光扫到不远处的一个白玉鱼池,加快脚步跑了过去。清澈的池水中,无数条漂亮的锦鲤摇头摆尾地游动着,见有人来,纷纷凑到她面前的水面,憨态可掬地吐泡泡。

"本来还有点儿担心,"韩圣燮抱起肩膀,看着闻人唯,"不过现在,我看你是真的不紧张。"

"嘿嘿……紧张也没用啊!还不如好好享受。"她耸耸肩,转过脸来,"不过,这里就是'迦蓝'吗?比电视上看到的还美,韩圣燮,谢谢你当初圆了我的梦。"

闻人唯那双黑白分明的大眼睛里闪烁着光,没来由地,韩圣燮觉得自己的脸有点儿热,他咳嗽一声,偏过头去:"咳……也没什么,反正度假小岛已经建好了,还没取名而已。"

闻人唯朝他做了个鬼脸,走到他跟前,忽然伸出手把他的脸扳向她。韩圣燮吓了一跳,却见闻人唯脸上浮起一抹狡黠的笑:"阿燮,你害羞了?"

"没有。"

"明明就是害羞,每次你不好意思时,都不敢看我的眼睛!"

"我哪有。"

"那你看我啊!把脸转过来!"

"别闹!"

两个人打闹了起来,不经意间,闻人唯踩到一块石子,身体就要向后倒去,韩圣燮眼明手快地捞住她的腰,一瞬间,两个人都愣住了。

清风徐徐地吹过,闻人唯呆呆地看着韩圣燮,他的脸沉静俊美,棱角分明犹如雕刻,目光却满溢温柔缱绻,仿佛万顷星光都蕴藏其中。

"小唯……"韩圣燮低语道。

带着草木清新气息的呼吸,拂过她的脸颊,不知道是谁的心跳声,"扑通扑通"跳个不停。

5

"嗨！小唯！"

"我们来了！"

冷不丁地，几道喊声从身后炸响，沉浸在粉红气氛中的两个人仿佛触电一样，猛然弹开，离对方好几米远。

"小唯！"艾蜜橘欢快地奔了过来，一把搂住闻人唯，"我就说，你一定会等我们的！我没说错吧？"

"是……是啊……"

远远地，几个熟悉的身影也正往这边走来，大家并没有发现他们之前在干吗。闻人唯心虚地瞥了韩圣燮一眼，他白皙的面容上还浮着两团可疑的红晕，不自在地看着池子里的鱼。

卞青窈过来拍拍她的肩膀："小唯，你的乐器我们偷偷运过来了。多亏了阿燮特意安排我们和白兰度不同航班，那家伙贼精贼精的，搞不好就会被他怀疑了。"

听到这个，闻人唯落在韩圣燮身上的视线收了回来，她郑重地道谢："谢谢你们。"

"这有什么好道谢的？你能赢了他就是我最大的安慰了！"卞青窈捶了闻人唯一拳。

韩圣燮神色肃穆地叮嘱了起来："不能掉以轻心，白兰度虽然不知道我们的底牌是什么，但是我们同样也不知道他会出什么招。这次他包这么多学生的路费，我觉得目的没有那么单纯。"

"明白。"闻人唯也认真地点点头。

众人说话间，下了飞机的原葵斗跟着人群走了过来，看到闻人唯后兴冲冲地跑了过来："我来之前看了天气预报，说最近沿海有台风，还很担心飞机会不会碰到气流呢……"

"乌鸦嘴，你就不能说点儿好听的？你看这天气，像是有台风的吗？"一旁盛装打扮的月琦蔓没好气地打断了他。原葵斗向来怕她，立马缩了缩脖子，闭上嘴不说话了。

月琦蔓作为闻人唯的比赛指导老师，也跟着一起参加修学旅行了。

"好啦，好啦，多大的事啊。"闻人唯赶紧制止了月琦蔓"欺凌同学"的行为。她的目光不经意间瞥到凌步翡，不由得愣了一秒。凌步翡好像瘦了一些，总是带着开朗笑意的脸上看起来有些阴郁。他站在人群的最外围，毫无存在感。

发现了闻人唯的目光,凌步翡冲她笑了笑,那笑容却带着说不清的苦涩。回想起那天公交站台的事,闻人唯的心里也酸酸的,她摇摇脑袋,一把揽过月琦蔓的肩膀:"明天就要比赛了,赶紧帮我指导一下吧!"

第二天清晨,闻人唯从柔软舒适的大床上醒来,隐隐地听到不远处传来音乐声,不由得感到奇怪。

白兰度的挑战书上,音乐比赛是头一场,如果拿下开门红,相当于给对方一个下马威,之后的比赛也会士气高涨。闻人唯丝毫不敢懈怠,早餐都没吃就出了门,想弄清楚白兰度到底在搞什么鬼。

循着音乐传来的方向,闻人唯来到沙滩上,看到同学们三三两两,纷纷朝一个方向疾步走去,一个个神情兴奋,手里还拿着应援牌和荧光棒。

"同学,你这是去哪儿?"闻人唯心中升起一股不妙的预感,拦住一个女生问道。

"你不知道吗?是KINGDOM(王国)乐队!KINGDOM来了啊!"女生匆匆扔下这么一句话就跑远了。

这时,一帮以沈楠欣为首的女生也从度假山庄里走了出来,看到闻人唯后,其中一个女生说道:"咦?这不是和白兰度比赛的闻人唯吗?"

"难道她是KINGDOM的粉丝,知道KINGDOM来出演沙滩音乐会,也赶紧来围观了?"

闻人唯看到沈楠欣,觉得莫名地眼熟……明艳的脸蛋,大波浪长发。咦,这个不是戏剧社的前女主角沈楠欣吗?

见闻人唯没有搭理她们,沈楠欣嗤笑一声:"怎么?知道自己不是KINGDOM的对手,连话都说不出了?"

"冒昧问一句……KINGDOM,是谁呀?"闻人唯不好意思地挠了挠头。

原本想要找碴的女生们都呆住了,过了半晌,一个女生爆发出激烈的反应:"什么?你居然连KINGDOM都不知道?"

不知道很奇怪吗?闻人唯一向不追星,对娱乐圈孤陋寡闻,被人嘲笑土已经不止一回了,真不知道她们有啥好惊讶的。闻人唯觉得她们一惊一乍,好像比自己还没见过世面似的。然而这群女生却不这么想,她们都是KINGDOM乐团的超级粉丝,非得拉着闻人唯来跟她们一起看KINGDOM的演出,想要强行推荐她成为粉丝。

刹那间,闻人唯就瞪大了眼睛。

第九章 09
名动迦蓝

白色的沙滩上搭起了巨大的银色舞台，灯光闪耀。台上，穿着天使之翅礼服的乐团成员们，正合作弹奏一曲劲爆的摇滚乐，热情四射，仿佛让天上绚烂的太阳都为之失色。

KINGDOM乐团一共五位成员，全都是身高一米八几、长相帅气出众的男生。据女生们介绍，五位男生都是偶像选秀出道，拥有无数少女粉丝，是当之无愧的国民第一乐队。

台下人们的神情如痴如醉，所有人都挥舞着手里的荧光棒，大喊："KINGDOM！"

闻人唯张大嘴巴，直勾勾地盯着舞台……一曲终了，戴着深蓝色礼帽的贝斯手摘下头上的帽子抛下舞台，金色的短发闪耀出璀璨的光芒。

"白兰度！"闻人唯惊叫出声。

竟然是他！

第十章

白玉台上战歌起

1

"白兰度居然给KINGDOM伴奏!"

"看这里,看这里!John Lee(乔·李)我喜欢你!"

震耳欲聋的摇滚乐,绚烂华丽的舞台效果,国民偶像乐团的特别演出……沙滩音乐会吸引了越来越多的人。人们纷纷拼命往前扑,要不是舞台边围了一群黑衣保镖,恐怕场面就要失控。

"欢迎大家来到Brando(波兰多)沙滩音乐节!"白兰度风度翩翩地鞠了个躬,举手投足间全是明星风范,"我们的特邀嘉宾KINGDOM乐团,今天将与大家狂欢!你们准备好了吗?"

他倾下身,抬起手,放在耳边。刹那间,台下的观众们疯狂回应:"准备好了!准备好了!"

白兰度满意地一笑,得意非凡。

KINGDOM的主唱是一位栗色短发的帅气少年,他拿起麦克风:"大家好!白兰度是我们乐团的好朋友,听说他今天在这里有一场音乐比赛,我们特地来为他加油助阵!大家说,这场比赛最后的胜利者会是谁?"

他把麦克风朝台下伸去,人们被带动情绪,举起双手:"白兰度!白兰度!"

音乐重新响起,大家又陷入了狂热中。闻人唯目瞪口呆地看着眼前的一切,不知不觉被向前拥去的人群挤了出来。

"人好多啊。"冷不丁地,一双柔软的小手搭上了闻人唯的肩膀。是月琦蔓,她最近似乎对汉服产生了极大的兴趣,即使是炎热的夏天,也着一身长袖白纱衣红裙,手里执着一把画着美人图的折扇。

"穿成这样你不嫌热吗?"闻人唯奇怪地问。

"当然热,不过造型最重要。"月琦蔓"唰"地一下打开折扇,轻摇了起来,"本来我觉得你的点子很别出心裁了,没想到白兰度也不赖嘛,居然请来了KINGDOM。"

"是啊,"闻人唯露出苦笑,"看来,这会是一场艰难的战争。"

"你不紧张吗?"月琦蔓好奇地盯着她。

"紧张啊,紧张又有什么用?都到这……"

闻人唯话还没说完,月琦蔓忽然举起扇子挡住了她的嘴巴。她一愣,就看到月琦

第十章
白玉台上战歌起

蔓转过脸,好看的黛眉蹙了起来。

"这位同学,偷听我们的对话很有意思吗?"

她顺着月琦蔓的视线看过去,发现沈楠欣不知道什么时候站到了她们旁边。

"有什么好偷听的?"被戳穿后,沈楠欣反而不屑了起来,讽刺地说,"反正你会输给白兰度。手下败将,根本不用花心思!"

"白兰度是给了你多少钱啊,这么替他说话?"见沈楠欣这副嘴脸,月琦蔓鄙夷道。

没想到,沈楠欣却像被踩到了尾巴一样,生起气来:"我就是觉得白兰度比韩圣燮好!不行吗?"

"哎哟,真了不起,你竟然替一个外来的交换生说话,是不是忘了自己还是圣樱学院的学生啊?"

"你这个以为全世界围绕着自己转的公主病,怎么可能懂得欣赏白兰度的个人魅力?"

"你说谁公主病?现在什么虾兵蟹将都敢蹬鼻子上脸了。"

眼看着两个人越吵越厉害,闻人唯赶紧把月琦蔓拉到一边,劝道:"别吵,别吵了。"

沈楠欣得意地做了个鬼脸,转身又挤进人群中去了。月琦蔓气不过,扇子一扔又要冲过去。

"不要冲动!"闻人唯赶紧抱住她,"我们还要准备表演呢!这个时候可不能分心!"

月琦蔓气呼呼地说:"要是在圣玛丽女子学院,她早就已经被啃得骨头都不剩了!"可惜她来参加的是圣樱学院的修学旅行,虎落平阳,也难免被犬欺。

闻人唯哄了月琦蔓半天,等她气消了,才把她从沙滩音乐会的人群中拉了出来。身后人群喧闹,白兰度又秀起了他高超的钢琴技艺,引起一阵阵尖叫。

压在闻人唯心头的大石,又加重了几分。

沈楠欣这帮人才退社多久,竟然就已经成为白兰度的死忠粉丝……如果真像沈楠欣说的那样,白兰度是靠个人的魅力征服了他们,那么圣樱学院里那些未曾站队的学生中,又有多少是白兰度的隐藏拥护者呢?

韩圣燮……是不是已经意识到了?

回到度假山庄后,闻人唯紧急召集自己这方的成员,打算最后再突击彩排一下。然而天有不测风云,在如此关键的时刻,意外情况发生了。

所有人都到了,作为主角的原葵斗却迟迟没有出现。闻人唯接到了他的来电,被告知因为海鲜过敏,高烧三十九度的他,瘫在床上无法动身了。

"阿葵你没事吧?病得很重吗?"

"小唯……对……对不起,我……"

电话那端,原葵斗的声音虚弱无力,还伴随着什么东西"砰咚"滚到地上的声音,闻人唯替他捏了一把汗:"不用了!你好好养病,别再折腾自己了!"

挂断电话后,韩圣燮便通知自家的私人医生给原葵斗看病,闻人唯稍稍松了一口气,想到接下来出现的难题,心又紧悬在了半空。

按照原来的计划,下午的比赛第一个出场的是原葵斗。自从他减肥以后,在学院里的人气"噌噌"地往上涨,所以大家一致认为让他当第一天表演的"门面担当"最合适,可是他这一病,彻底地打乱了计划。

"怎么会突然出这种事?"卞青窈不由得焦躁了起来,"我和你,加上蜜橘、月琦蔓、原葵斗,我们原本准备上场的人也只有五个。现在原葵斗掉链子,气势上就完全被白兰度压倒了啊。"

闻人唯没有说话,目光扫过在场每一个人的脸庞。

艾蜜橘忧心忡忡:"而且阿葵练习了一个月,他的角色非常重要,临时也找不到人接替他呀!"

"现在怎么办?"月琦蔓神情凝重地看着闻人唯。

这时,站在闻人唯对面的韩圣燮神情微动,星眸中闪过一道光:"小唯,你是不是有什么发现?"

过了好半晌,闻人唯缓缓开口道:"我好像……想到办法了。"

2

夜幕，像最柔软深沉的蓝丝绒，缓缓降临人间。

带着咸咸海水味的微风吹拂在每一个人的脸上，经过了白天的狂欢，所有人都感觉到了疲惫，所以在接到风纪部邀请大家晚上前去白玉台观礼时，很多人都拖拖拉拉地不想去。

白玉台不远，就在度假山庄毗邻的一座山上，是整座山的至高点，乘坐夜间缆车上去，很快便能到达。学生们稀稀拉拉地来到了偌大的白玉台上，等着风纪部接下来的举动。

刚上来的沈楠欣发现目之所及一片漆黑，抱怨起来："风纪部在搞什么？大晚上这里什么都看不到！"

"看来，风纪部的反击要开始了。"忽然，她身边响起一个清亮悦耳的男声，沈楠欣扭头一看，惊呼出声："白……白兰度同学？"

富有大方，神秘优秀，长相出众，白兰度身上聚集了所有能满足少女幻想的优点。身为白兰度的铁杆粉丝，沈楠欣还没有跟他说过几句话，突然被他这么搭话，有些受宠若惊。

"邀请函上的时间是八点，现在已经七点五十分了。他们到底想干什么，我们只要看着就好。"

"不……不管他们想干吗，都肯定比不过你！"沈楠欣大声说。

白兰度亲切地冲沈楠欣微微一笑："那可未必……"

越来越多的学生到达白玉台，然而风纪部迟迟没有下一步的通知，让大家倍感烦躁，不满声纷纷响起。

"风纪部这是要干吗啊？还让不让人好好休息了。"

"反正比不过我家KINGDOM，就不能消停点儿？"

虽然周围都是对风纪部不满的抱怨，白兰度却并没有感觉快意。不知道怎么回事，他心里总有些隐隐的不安，好像有什么被他忽略了一般。

突然，天际闪过一道金色，点亮了整个天空。

"哇！是流星！"有人惊呼起来。

璀璨光华的尾巴从深蓝的夜空中划过，落入了迦蓝远处静谧深邃的海面上。随后，在流星坠落的地方，亮起了一点荧光，随着海浪起伏。

紧接着,无数道金色的光芒划过,每一道都像是最绚烂的流星,瞬时点亮了整片夜空,映在人们的眸中,留下震撼惊艳的影子。

"流星雨?是流星雨吧!"

"这不科学啊!我怎么没看到新闻说今天会有流星雨?"

在众人的惊讶议论声中,骤然响起了一声惊呼,一个女生张大嘴巴,喊道:"天哪!快看海上!"

大家的目光纷纷投向海面。不知道什么时候,海面上居然漂浮着无数盏灯火,明明灭灭,像一颗颗从天空中坠落的星,汇成了海上的浩瀚银河。

"当——"

这时,仿佛从天边传来一声悠远的钟磬声,古朴厚重,敲击在人的心头。

悠扬清雅的女声吟唱而起,伴随着密密的鼓点声,肃杀的气氛令人想到了古时烽火连绵的战场。

忽然,鼓声停歇,漆黑的白玉台上骤亮。大家终于看清他们所在的位置,一片哗然——白玉台建在一片小型湖泊中,白玉台的边上不知何时低伏着许多玄衣人,他们或持戈矛,或举盾甲,杀气腾腾,好似即将出征的战士。在他们身后,坐着两位白衣少女,一人抱琴弹奏,一人舞剑,而在她们身后,藏着一块看不清的深沉的黑影。

清雅如水的琴声,仿若幽兰生前庭,含薰待清风,让人只觉得心旷神怡,灵台都清明了许多。

"是月琦蔓和卞青窈!"人群中有人认出了她们。

白兰度屏息凝神,那双碧绿的眸子中,被卞青窈灵动矫健的身影占满。她身姿柔软,却气势如虹,刚与柔的结合,美得让人忘记了性别。

鼓点声又渐响,月琦蔓琴声一变,现场气氛顿时风声鹤唳,草木皆兵。

"入阵!"

玄衣将士发出一声低吼,开始演武。明明只是非常简单的布阵排兵的动作,却带给在场的人一种莫名的激烈紧张感。伴随着十面埋伏的琴声,即便是不懂音乐的人,也明白他们在表演一场千里奔袭。

沈楠欣不屑地嘲讽起来:"跳什么舞?明明是音乐比赛……"

"嘘……"白兰度打断了沈楠欣,有些不悦地竖起食指做嘘声状。沈楠欣只好尴尬地闭上了嘴。

夜空中亮起两点荧光,落入白玉台上卞青窈身后的那块阴影之中,大家还没来得

第十章
白玉台上战歌起

及看清那是什么，荧光落入的地方便大亮了起来。

"这是……"白兰度眯起眼睛，惊诧出声，"编钟？"

没错，最后压轴出场的，是闻人唯的独奏。而她演奏的乐器居然是谁都没有想到的古韵——青铜编钟！

闻人唯身着红袍，手持精致的铜锤，素手敲击起来。乐曲雄浑厚重，昂首挺立的玄衣兵士闻乐声如潮水般分开，这是一曲惊破苍穹的《秦王破阵曲》！她一声清啸，玄衣兵士们摆阵演武，霍如羿射九日落，矫如群帝骖龙翔，将所有人的思绪带入了那个战火连绵的年代——干戈戎装，冰河铁马，长矛划过天际，五千年的生死险恶，血雨腥风。

当远处海面上的"浩瀚银河"渐渐没入黑暗时，乐曲也进入了最后一段，仿佛在耳的风声、雨声……全都随着战衣飘落，消散在了每一个人的视野中。

久久无人说话，在场的人还沉浸在刚才的表演中，如痴如醉。

不知道是谁最先回过神来，带头鼓起了掌，所有人才如梦初醒。如雷的掌声响起，喝彩的、吹口哨的声音，将先前的质疑和风言风语彻底推翻。

"了不起，大气磅礴！"白兰度也跟着鼓起了掌，诚心诚意地说，"这一局，我输了。"

3

闻人唯首战告捷，保持中立的学生纷纷倒戈向她，原本支持白兰度的一些学生也感到身为圣樱人的骄傲，选择站在她这一方。比赛前，占绝对优势的白兰度现在反而落入下风。

"哈哈，没想到我们复古社还有这一天！"艾蜜橘喜气洋洋地说，"今天我收到了三十多封入社申请书哎！而且里面居然有二十多个男生！终于逆转复古社'阴盛阳衰'的局面了。"

"小唯，你果然很棒！居然能想到让风纪部的成员扮演士兵，出演《秦王破阵曲》！看到观众们的表情了吗？简直太震撼了！"赢了白兰度，卞青窈深感扬眉吐气，也不由得兴奋起来。

"没有啦，我只是和阿燮一起看电视的时候看到出土编钟，灵机一动想到的这个表演方法。不用很高的技艺，而且效果能这么好，全靠阿燮，你们要夸的话就夸他吧。"闻人唯不好意思地挠挠头。

"那倒是，要不是韩圣燮设计的灯光和特效，我们肯定达不到这么震撼的效果。"向来追求完美的月琦蔓也称赞道。

韩圣燮俊朗的脸上依然没什么波动，提醒道："别得意太早了，我们只是第一场取得胜利。比赛内容是君子六艺，还有五场比赛呢。"

面对韩圣燮的严厉，闻人唯吐了吐舌头，老老实实地去练习了。

练出一手好看的毛笔字绝不是几天就能达到的，艰深的数学更需要循序渐进地积累。于是第二天的奥数和第三天的书法比赛，闻人唯都毫无意外地惨败给了白兰度。

虽然是意料之中，但闻人唯仍然感到很沮丧，这种沮丧的心情导致她对后面的比赛也惴惴不安起来。上午的书法比赛结束后，闻人唯躲在屋子里，连吃午饭的心情都没有了。卞青窈得知，前来安慰她。

"韩圣燮不是给你特训了吗？之后的马术和箭术正常发挥，就一定没有问题的！"

这时，艾蜜橘匆匆忙忙从门外奔进来："白兰度正在酒店门外的广场前发表演讲，很多同学都去了，不知道他要干什么。小唯，我们也去看看吧！"

"演讲？"卞青窈惊讶地说，"他又要耍什么把戏？"

脑海中浮现出白兰度那双狡黠的碧绿眼睛，闻人唯的心里"咯噔"一下，一种大事不妙的预感袭来。

第十章
白玉台上战歌起

等闻人唯她们匆匆赶到时,白兰度身边已经围了很多人,演讲也进入了高潮部分。

"圣樱学院的辉煌,不应以牺牲学生的自由而得来!现有的风纪部制度,严重限制了大家的发展。"白兰度身着一身黑色礼服,侃侃而谈,"每个人只能加入一个社团,这不是太死板了吗?试问谁不想掌握更多技能,而且,一个人又不止拥有一种爱好。"

"说得好!我早就看不惯戏剧社这一点,所以才脱离出来!"沈楠欣立刻大声附和,赢得了白兰度赞许的微笑。

"没错。"他风度翩翩地一颔首,"如果我能就任风纪部部长,我承诺大家——这些不合理的规章制度,我会即刻废除掉!"

白兰度的宣言仿佛一颗炸弹,在人群中引发了轩然大波。卞青窈气得捋起袖子就要冲上前去:"这家伙,他居然敢!"

闻人唯连忙将她拉住:"青窈,你先冷静啊!"

"除此之外,我还会拿出一部分资产,重修整个圣樱学院。保证大家在全世界最先进的环境下学习!同时,我还会免除所有人的学费。世界上没有哪一所学院,会拥有像这里这样优渥的条件!"

话音落下许久,都没有人开口,大家沉浸在无法置信中,怀疑是不是自己的耳朵出了问题。

天底下会有这么好的事吗?

"怎么?怀疑我说的是假话?"白兰度一挥手,站在他身后的黑衣保镖立马送上来一张支票,他举起支票,"这是我准备好的支票。只要我能成为风纪部部长,这张支票,我立即签字生效!"

人群中炸开了锅,本来就站在白兰度那一方的学生纷纷起哄。

"白兰度!风纪部部长!白兰度!风纪部部长!"

"支持白兰度!韩圣燮下台!"

"白兰度才是最适合圣樱学院的领导人物!"

阳光照在白兰度那灿烂的金发上,他的微笑仿佛是发自内心,令见者如沐春风,情不自禁地对他产生好感。闻人唯怎么也想不到白兰度竟然来这么一手,忧心忡忡地拉着卞青窈和艾蜜橘离开了。

晚上,闻人唯来到韩圣燮所在的临时风纪部办公处,发现韩圣燮还在忙,就连她告诉了他白兰度惊天的演讲内容,他都毫无反应,甚至没空搭理她。

闻人唯心中不由得黯然，正在一旁帮忙的男生看到后，安慰她："你别担心，韩部长忙起来就容易忘我。虽然他从来不多说什么，但总是能处理好所有的难题。"

"我知道，正是这样，他才吃亏啊。"闻人唯担忧地道。比起舌灿莲花、口若悬河的白兰度，韩圣燹才那么容易被人误解。从他"恶魔阎罗"的称号就能看出来，圣樱学院的学生对他的误解有多么大。除了与他亲近的人，很少有人知道，拥有柔软内心的韩圣燹有多么稳重、可靠、温柔，他是那么深爱圣樱学院，为了学院，付出了也牺牲了太多。

"所以我们才那么尊敬韩部长。"男生看向韩圣燹忙碌的身影，认真地说，"我相信韩部长，他从来没有输过，这次也一定不会输的。"

4

在月琦蔓的建议下，闻人唯决定休息一夜，不再训练，储存好体力，准备第二天的马术比赛。

吃过晚饭，她独自来到沙滩边散步。海边的落日壮烈绚烂，一轮残阳燃烧着，渐渐坠入海平线以下，染红了半个海域，玫瑰色的波光荡漾着，海鸟低低地鸣叫着在低空盘旋，一切美得像个瑰丽的梦。

有不少学生在海边散步。自从白玉台上的编钟乐曲出名以后，好些人一看到闻人唯，就兴奋地拿着手机上前求合影。闻人唯不想被打扰，朝人烟稀少的地方走，越过几棵硕大的椰子树，穿过一丛茂密的水草，就走到了沙滩的另一边。这里是游轮码头和水上摩托等停放的地方，因为离度假村较远，很少有人过来。

"呼……"闻人唯长长舒了口气，"总算能安静待一会儿了。"

被人时时刻刻盯着，感觉真不好。然而，她懒腰刚伸到一半，忽然听见有人在喊她。

"小唯？"

她吓了一跳，往远处一看，凌步翡正独自坐在沙滩上，身影显得有些孤单。他上身着条纹T恤，下身配蓝色牛仔裤，打扮得如同邻家少年，脸上却瘦了一圈，带着无法掩藏的倦色，好像很久没有休息好了。

"你怎么在这儿？"闻人唯有些犹豫地看看他，"我是不是打扰到你了？你是想一个人待着吗？"

自从闻人唯上次跟凌步翡因为韩圣燮大吵一架之后，他们之间就仿佛产生了一道奇怪的隔阂，好像连正常说话都很别扭。她不知道怎么改变这种状况，只好装鸵鸟，尽量避免和他单独相处。

"看到我就要走吗？"凌步翡露出苦涩的笑容，"我又不会吃人，你躲什么？"

她闻声一僵，尴尬地转过身来，试图辩解："我……我没躲呀……"

然而她回过神对上凌步翡充满忧郁的视线后，就什么也说不出来了。她内心感到说不出的愧疚，只好默默地走到凌步翡身边，坐了下来。

天色渐渐暗了下来，不远处暖橘色的灯光亮起，映衬着天上的月亮越发清冷。夜色下的小岛轮廓温柔，带着咸味儿的清新海风拂过面颊，好像也拂走了心头的郁气。

好美啊！闻人唯在心里一阵感叹，拿起手机，对着远处的大海拍了张照片，随手分享到了微信朋友圈里。

凌步翡的目光一直在闻人唯脸上流连,察觉到他的视线,闻人唯转过头,主动对他笑了笑。凌步翡神情一凝,也不由自主地跟着笑了。

无形的隔阂和别扭,感觉在这相视一笑中消散了很多。

"今天白兰度的演讲,你听了吗?"凌步翡先开口打破了沉默。

一提起这个,闻人唯心中的忧虑又涌了上来,她点点头:"听了,他的支持者还不少,阿燮这次真是遇到对手了。"

凌步翡面朝大海,声音低低地传了过来:"小唯,你真的觉得,韩圣燮是最适合风纪部的领导者吗?"

"什么意思?"闻人唯的脸色顿时变了,"难道他不是吗?"

"不是。"凌步翡摇了摇头,"我觉得白兰度对于风纪部的展望和理念,都比韩圣燮要完美得多。"不等闻人唯反驳,他就自顾自地说了下去,"以前还不觉得,但自从这个学期以来,整个圣樱学院的气氛都差了很多。风纪部每天都组织巡逻,学生出个门都要被查学生证,学院原来崇尚的自由风气已经不复存在。"

"可是,这不是阿燮的错啊!要不是那个神秘人'E'声称要复仇,他也不会对同学们这么严格。"

"你跟他关系那么好,当然会替他说话。"

闻人唯生气地站起身来:"我才不是因为这个替他说话,阿燮完完全全是在替大家着想,保护大家!"

凌步翡抬起头凝望她:"你就这么相信他?"

"我当然相信他,"闻人唯神色认真地说,"步翡,你到底在想些什么?之前我就想问了,你对阿燮的厌恶来得太莫名其妙了,青窈跟我说你很久没有参与风纪部的活动了。你跟阿燮之间,是不是发生了什么我不知道的事情?"

"看来,你根本就不明白……"凌步翡狭长优美的眼中闪过一丝痛楚。

"我不明白什么?"

"在我看来,白兰度虽然有点儿虚伪,但他比韩圣燮更适合成为圣樱学院的风纪部部长。"

"步翡!"她瞪大眼睛,"你怎么能这么说?你们一起携手创立的风纪部,他为学校付出了多少,你难道不应该是最清楚的吗?"

"所以他就把学校当成自己的所有物了?"凌步翡脸色阴沉,也跟着站了起来,"你太天真了。要知道,圣樱学院根本就不属于韩圣燮的家族!他现在所做的一切,全都

第十章
白玉台上战歌起

是为了巩固自己的权力！"

闻人唯大吃一惊，道："你什么意思？"

"其实，我认识一个人……"看着闻人唯清澈的眼睛，凌步翡俊朗的脸上掠过一抹动摇，正想要说些什么，忽然两个人不远处的水草丛中发出窸窸窣窣的声响。

他立刻警醒过来，一下子将闻人唯拦在身后："谁？"

5

"你们在这儿干吗呢?"

两个熟悉的身影从草丛里钻了出来,原葵斗那张精致的面孔出现在闻人唯面前,琥珀色的眼睛里闪动着好奇的光。

"阿葵?"闻人唯高兴地向他走了几步,"你的病不要紧了?"

"嗯,我已经好了。"

随后,他身后的高大男生也走了出来,肩宽腰窄,像一尊优美的雕像。

"阿……阿燮?"闻人唯惊讶地道,"你怎么在这儿?"

看到韩圣燮,凌步翡的背脊一下子就僵住了,脸色变得有些难看。

韩圣燮没有说话,原葵斗倒是先积极地回答了:"我看你发在朋友圈里的照片,就想你可能在码头这儿,正好来的路上碰到了韩圣燮,他也在找你,就跟他一起过来了。"

"步翡,你也在?"韩圣燮目光幽暗地扫了一眼凌步翡。

"啊?嗯。"凌步翡不知道在想些什么,心不在焉地回道,随即借口说自己还没吃晚饭,便独自离开了。

看着凌步翡渐渐远去的背影,原葵斗挠了挠后脑勺:"他怎么走得这么快,像有人在追似的?"

闻人唯神色凝重,不敢隐瞒什么,把刚才凌步翡的反常说了出来。

"我总觉得步翡最近很奇怪,像是变了一个人似的,阿燮,你感觉到了吗?"她疑问道。

"不可能吧?"原葵斗夸张地倒吸了一口冷气,"我看他很正常啊,怎么会……"

韩圣燮深邃如海的眼睛仿佛融入了黑漆漆的夜色中,他沉默了一会儿,抬起手揉揉闻人唯的头:"知道了,这些事你不用操心,好好准备明天的比赛吧。"

闻人唯的脸瞬间红了。

原葵斗假装没有看到两个人的互动,仿佛很好奇似的,拼命仰起脖颈盯着夜空看。

第二天晴空万里,没有一丝云彩,非常适合户外运动。闻人唯摩拳擦掌,准备在这天的马术比赛上给白兰度一点儿颜色看看,可还没吃完早饭,对方却派黑衣保镖送来了一张黑卡。

"休战书?"闻人唯念出卡上的内容,不由得莫名其妙起来,"本着公平公正的原则,

第十章
白玉台上战歌起

过去连续三天的比赛，双方都耗费了极大的精力，因此本人决定休战一天，尽情享受迦蓝海岛的美景风光，并且邀请闻人唯同学一起出海游玩……"

"胆小鬼，"卞青窈一把夺过闻人唯手里的卡片，恶狠狠地捏成一团丢进垃圾桶，"谁要跟他去玩！"

拒绝了白兰度后，闻人唯和卞青窈一同来找韩圣燮，想要商讨一下白兰度突然停战，葫芦里卖的什么药。两个人来到风纪部临时办公室，一推开门，就看到风纪部所有成员都在场，韩圣燮正在制订保护学生安全的日常巡逻计划。

"A组今天的任务是南边的海滩、码头，以及海滨餐厅附近；B组，跟着我一起去白玉台和黑山；C组则由……"

闻人唯静悄悄地靠在门边，看着韩圣燮一丝不苟地布置着任务。他鼻梁高挺，眼睛里总是闪着神采奕奕的光，唇形虽薄但很好看……他的每一个表情都是那么吸引人，每一个举动都让她觉得可靠。

就算白兰度说得再动听又有什么用？他永远也比不上全心全意、每时每刻都在默默为学校付出的韩圣燮。

韩圣燮总是这么忙，只顾得上和闻人唯打个招呼，就带着大家出门巡逻了，卞青窈也被派了任务，跟着一起离开了。闻人唯早习惯了，也没觉得多沮丧，便独自晃荡着出了门。

半路上，闻人唯接到了艾蜜橘的电话。

"小唯，来码头和我们一起玩啊！我和月琦蔓、原葵斗在一起！"艾蜜橘元气满满的声音从电话里传来，一时间，闻人唯的心情也明亮了许多。

"好啊，我这就去。"闻人唯立马雀跃地答应了。

水上摩托帅气地在蔚蓝的大海中驶出白色的浪花，艾蜜橘穿着可爱的桃粉色泳衣，坐在后座开心地尖叫着。阳光，沙滩，互相追逐的同学们……海滩上到处洋溢着欢声笑语。

"小唯！这边，这边！"

蓝色水上摩托摆出个漂亮的旋，在码头边停下，驾驶的少年精瘦白皙，他取下护目镜时，琥珀色的眼睛在阳光下闪闪发亮。

"哇！看不出来啊，阿葵！"闻人唯用手肘撞了撞原葵斗的胸口，"你居然还会驾驶水上摩托！"

"不只会，他还开得很好呢！"月琦蔓驾驶着另一辆小巧的红色水上摩托，跟着

停在了原葵斗身后。她穿着一身白色的褶皱泳衣,腰间围着薄如蝉翼的纱巾,光彩夺目犹如女神。

月琦蔓一上岸,立刻吸引了很多人的目光。她冷哼一声,嫌弃地看着闻人唯刚在更衣室换上的保守水手服泳衣裙:"你这也能叫泳衣吗?居然还有衣袖?还有你这身材,小学生吗?"

闻人唯佯装很生气地白了月琦蔓一眼:"你以为谁都像你拥有女神身材吗?"

这时,原葵斗扭过头,朝艾蜜橘露出羞涩的笑容:"蜜橘,你渴不渴?我去给你拿西瓜汁好吗?"

"啧啧啧……"月琦蔓酸酸地说,"女神身材有什么用,还不是没有西瓜汁喝?我说原葵斗,一路上你又是载着艾蜜橘到处玩,又是给她买喝的,嘘寒问暖。你是不是对她有什么特别的想法?"

"别……别取笑我了!我……我这就去给你们都买!"原葵斗瞬间慌张起来。说着,他像火烧屁股似的蹦了起来,一路朝沙滩上的冷饮店跑去,留下三个女生站在原地,一起哈哈大笑起来。

大海在阳光的照耀下波光闪闪。而海洋深处,那些见不到光的地方,看似平静无波,却在酝酿着令人捉摸不透的凶险。

第十一章

解散圣樱学院

1

痛痛快快地玩了一天，闻人唯整个人都晒黑了几度，到了傍晚，四个人在海滨餐厅美美地享用了一顿海鲜晚餐。

"阿嚏！"刚出了餐厅的大门，月琦蔓就打了个喷嚏，她摘下腰间的纱巾围在身上，"你们有没有感觉到有点儿变冷了？"

一阵风吹过，让人不禁浑身起了鸡皮疙瘩，闻人唯答道："可能是餐厅里太暖和吧，我们快回去洗个热水澡，换件干爽的衣服就好了。"

"可是我还没玩尽兴呢！"艾蜜橘有些沮丧，"今天天黑得怎么这么早？"

"正好，听说晚上他们有篝火晚会和露营活动，不如我们也参加吧！"月琦蔓转身挽住艾蜜橘。

听月琦蔓这么提议，闻人唯立马又来了兴致："好啊，好啊！一听就很好玩！"

可是，原葵斗却插话道："小唯，你明天还要比赛。要不，你还是在房间里好好休息吧。"

"什么嘛……"闻人唯哭丧着脸。

"等打败了白兰度，有的是时间出来露营啊！"艾蜜橘连忙安慰道。

好在闻人唯也不是非要跟着他们去露营，大家一路说笑着往度假山庄走去。不远处，海天相交的地方黑漆漆一片，让人看不清楚，谁也没在意。

"轰隆隆！"

一声炸雷，将闻人唯从酣梦中惊醒，她迷迷糊糊地揉了揉眼睛，还没完全清醒过来，就被一道闪过窗前的白光给吓到了。

雷声一阵接一阵，白色的闪电劈落在海面，将夜晚映照得如同白昼。很快，又响起了"沙沙"的声音。

闻人唯一骨碌从床上爬了起来，趴到窗口向外看去。忽然，一块黄豆大的冰晶狠狠地砸在了窗框上，发出"噼啪"一声。

明明是盛夏的天气，居然突然下起了冰雹。短短几分钟之内，无数细小的冰晶变得越来越大，砸落在窗户上的声音越发可怕起来。

闻人唯再也睡不着了，她拿起手机拨通了韩圣燮的电话。电话刚响了一声，韩圣燮就接了起来："小唯，你在哪儿？"

第十一章
解散圣樱学院

"我在房间里。"

"那就好，刚才突然起了台风，你待在房间里千万不要出来！"

"台风？"闻人唯瞪大眼睛，"怎么会？一点儿预兆都没有啊！"

"现在不是说这个的时候，"电话那头一片嘈杂，韩圣燮匆忙解释道，"我接到其他巡逻小组的报告，沙滩上还有很多搭帐篷野营的同学没有回来。现在情况紧急，我得去帮忙了。"

"好的，你快去吧，多加小心！"生怕耽误韩圣燮，闻人唯连忙挂断了电话。刚挂断电话，她的手机又铃声大作了起来，是艾蜜橘打来的。

"小唯！"电话那头，艾蜜橘的声音满是焦急，伴随着"噼里啪啦"的冰雹声，"我和月琦蔓还在外面野营，被困住了！"

"什么？"闻人唯一下子站起身来，"别急，我这就叫韩圣燮去救你们，你们具体位置在哪儿？"

"我们在码头……"

艾蜜橘的声音断断续续的，闻人唯还没来得及听清她接下来的话，听筒里就传来了一阵杂音，随即通话便断掉了。

闻人唯赶紧重拨回去，然而不管是艾蜜橘还是韩圣燮的电话，都再也无法接通。

她再也坐不住了，从行李箱里翻出临时起意塞进去的雨衣披上，随手拿起房间里的手电筒，打开门冲了出去。

酒店外，滂沱大雨夹杂着无数细碎的冰雹，砸在人身上生疼；狂风将雨幕吹得像千百把锐利的小刀，让人连呼吸都变得困难起来。闻人唯稍不留神，裸露在雨衣外面的皮肤就被砸青了好几块，还留下了几道浅浅的血痕。

她压根就看不清眼前，只能凭着感觉往前走。也不知道走了多久，当她艰难地到达海滩时，风雨已经比一开始小了许多。

"蜜橘！月琦蔓！"她手做喇叭状，边走边大喊道。

忽然，她看到远处几抹人影在向她快速靠近。

"小唯！"韩圣燮穿着一件黑色的雨衣，大步流星地跑了过来，"不是说让你待在房间的吗？出来干什么！"

"快……"闻人唯一把抱住韩圣燮的手臂，喉咙干涩得厉害，连说出一句完整的话都很困难，"蜜橘和……月琦蔓，她们都在……"

韩圣燮长臂一捞，紧紧揽住了闻人唯："我知道，我们巡逻队已经找到了野营的

学生们,把他们全都转移到了高地,现在他们很安全!"

闻人唯那悬在半空的心一下子"砰"地落了地,这才发觉自己的双腿没有一点儿力气,直接软倒在韩圣燮的怀里。天旋地转之间,最后一眼看到的,是他震惊而焦虑的黑色眼睛。

"小唯?小唯!"

第十一章 解散圣樱学院

2

闻人唯醒来的时候，只觉得脑袋一阵阵抽痛，她忍不住"咝"地倒吸了一口冷气。

"小唯！你醒了！"一双手把她扶了起来。

经过大半夜的折腾，艾蜜橘的喉咙都有些沙哑，看到闻人唯醒来，忍不住红了眼圈："对不起，小唯。要是你有个什么意外，我一定会自责一辈子……呜呜呜……"

刚想要安慰她几句，闻人唯就惊天动地地咳嗽起来，一旁的月琦蔓赶紧拧开一瓶水递给她："先喝口水吧。"

抿了好几口水，闻人唯才觉得干涩发疼的嗓子好了很多，她打起精神，发现自己已经回到了酒店房间里。屋内充足的暖气让她仍然有种昏昏欲睡的感觉。

"刚才医生来看过了，说你没什么大碍。既然你醒了，我通知韩圣燮一声。"说着，月琦蔓就快速地打了一通电话。

没过多久，一个高大的身影匆忙走了进来。

"你醒了？"韩圣燮走到闻人唯身边，倾身伸出手，轻轻摸了摸她的额头，"还好，没发烧。"

他紧紧蹙起的眉头终于舒展开来，语气里带着不满："这种台风天多危险，让你好好在房间里待着，为什么不听我的话？"

自知理亏，闻人唯耷拉着肩膀，低着头不敢跟韩圣燮对视，视线的余光中，月琦蔓和艾蜜橘偷偷离开了房间，她不由得在心底骂了一句"没义气"。

见闻人唯没有回话，韩圣燮心中越想越气，一向保持克制冷静的他，竟然不依不饶地数落了闻人唯好半天。然而一看到闻人唯偷瞄他，可怜巴巴的模样，怒气顿时又烟消云散了，心里只剩下惊魂未定的恐惧感。他伸出手，用力将她搂进了自己怀里。

"你知不知道我有多担心……"

他声音低到微不可闻，然而在安静的房间里，又显得那么清晰在耳。

原来……他是这么在乎她。

闻人唯心中一阵愧疚，她迟疑着抬起手，轻轻拉了拉韩圣燮的衣角："对不起……让你担心了。"

"阿燮，有新发现……"忽然门外响起一道声音。

卞青窈得知韩圣燮去探望闻人唯后，一路跑来，没想太多便猛地推开了房间门，就看到两个人温情脉脉的场面，似乎自己打扰了他们。她尴尬地咳嗽了两声。韩圣燮

似乎也很不好意思，立马松开了闻人唯。

随即，韩圣燮走到门口，淡淡地问："怎么样？通信恢复了吗？"

"还没有，因为下大雨怕高压电出问题，给维修通信塔增加了很多难度。"

台风半夜席卷了整个海岛，通信也全都被破坏，虽然岛上有备用发电机，食物和水也都充足，可是谁也无法和外界联系上，基本上算是已经与世隔绝了。

"但是我们发现了新情况——白兰度不见了！"

韩圣燮神色一凛："不见了？"

"我们统计学生人数时，发现白兰度和他邀请来参加沙滩音乐会的KINGDOM乐团，以及他那些随身保镖都不知所终。"

"怎么会？"坐在床上的闻人唯听到后震惊地脱口而出道，"这么多的大活人……他们不会坐飞机提前离开了吧？可是他和我的比赛还没结束啊。"

"迦蓝就一座飞机场，跟咱们来的这两架客机现在还在机场停着，他们不可能坐飞机离开。"卞青窈满面凝重地说。

这事太过蹊跷。在这样一个暴风雨夜里，他们能去哪里呢？

"你查查白兰度白天去干什么了。"韩圣燮沉吟一会儿，对卞青窈说。

"这个我知道！"闻人唯一心想帮忙，赶忙说，"早上我就想跟你说了，但是你当时没时间听。"

闻人唯这么一提，卞青窈也突然想起来了："白兰度早上给小唯送来一封休战一天的帖子，邀请小唯跟他出海游玩。但是我和小唯觉得他不安好心，就拒绝了。"

"白兰度休战我知道，他先告知的我。"韩圣燮道，"不过出海游玩这件事，他并没说。"

白兰度为什么要偷偷离开？又是如何离开的？一时间，许多疑问萦绕在三个人的心头。

房间里陷入许久的沉默。忽然，一道灵光闪过闻人唯的脑海，她觉得有些荒诞，然而还是没忍住，惊呼出声："他该不会是坐船离开了吧？"

"没错。他谎称出海游玩，然后光明正大地坐船离开，这样我们谁都不会起疑。等我们发现时，他们早就离开了迦蓝。"没想到韩圣燮赞同了闻人唯的猜测。

卞青窈接着说："他不敢告诉阿燮，也是因为害怕阿燮最先察觉到蹊跷。"

然而白兰度为了偷偷离开这么大费周章，是为了什么？

3

　　为了离开，白兰度不惜停掉与闻人唯的比赛，而这场比赛事关风纪部下一任部长是谁。他为了这个位置，之前做了那么多的举动，现在就这么轻而易举地放弃了？除非……

　　闻人唯心中忽然一动，蒙在眼前的迷雾仿佛一下子散开了。

　　"我知道了！白兰度向我挑战只是一个幌子！他是想趁全校学生和韩圣燮都不在，溜回学校！"她顿了顿，又疑惑了起来，"可是，他回去……想要干什么呢？"

　　"支开所有人偷偷摸摸回学校，"韩圣燮神色凝重，"不管他想干什么，一定不是什么好事。而且从早上到现在，已经过去了……"他抬起手，看了看蓝宝石腕表，"二十个小时，这么长的时间什么事都有可能发生。"

　　"那还等什么？"看看外面的天空已经放晴，闻人唯急着把韩圣燮往外推，"不刮风下雨了，现在立即启程回学校阻止他呀！"

　　韩圣燮还没来得及说话，这时，好几个风纪部的成员跑了过来。

　　"不好了！部长，A组巡逻时发现了新情况，有几位同学被困在了离海岛几百米以外的礁石上！现在请求紧急援救！"

　　"现在情况怎么样？汇报一下。"

　　一个男生说："因为通信中断，我们先是去各个房间统计学生人数，发现沈楠欣、徐佳、李薇三个人不在，这时我们接到A组海边巡逻组的报告，说发现几百米外的暗礁上有人求救，我们怀疑就是沈楠欣这三位同学。"

　　"沈楠欣？她怎么会这么大胆，跑那么远？"闻人唯插话道。

　　"不惜一切代价，全力救人！"本来韩圣燮打算先回学校看看情况，然而此刻性命攸关，他只能暂缓离开的计划。

　　黑暗中的大海神秘而危险，风浪刚刚过去，看似平静的海面下不知道隐藏着多少暗礁与激流，沈楠欣她们栖身的礁石只有几十平方米，加上天色昏暗，根本不能启用直升机救援。风纪部组成的救援队尝试了各种方法，直到东方天色破晓，韩圣燮亲自出马将这三个人救了出来。

　　沈楠欣她们回到酒店时，身上都或多或少擦伤了，受到的惊吓不小，特别是沈楠欣，眼睛都哭肿了。

　　"活该！"艾蜜橘见沈楠欣一副狼狈样，心里气不过，"居然无视风纪部的警告，

大晚上的出去潜水！不知道风纪部耗费了多少精力才把你们救回来吗？"

"不，我们不是故意的。"其中那个叫李薇的女生哑着嗓子道，"是沈楠欣告诉我们这附近礁石下面有很漂亮的珊瑚，而且坚持傍晚带我们来潜水的！"

"不，不是我！"沈楠欣慌乱地摆手，"我……我也是听从了白兰度的指示。他让我叫上几个女生，傍晚时带她们到这边来潜水……我发誓，我绝对不知道会有台风！要是早知道这么危险，我自己也根本不会来啊！"

此刻已是第二天早晨，很多圣樱学院的学生就聚集在大厅，准备等风纪部发放早餐，因为突如其来的台风，餐厅都纷纷暂停营业了。听说这件事，大厅里的人群都炸开了锅。

"这人太奇怪了吧？把我们都困在这儿，他倒是一个人提前走了。"

"这么陷害几个女生有意思吗？我原本还以为他是好人呢……"

"还是风纪部靠谱啊！我昨晚帐篷被吹跑的时候，差点儿以为自己要死了！是风纪部的人及时过来营救，我才安全回到了酒店。"

听着众人你一言我一语，沈楠欣终于意识到自己是被白兰度利用了，她的脸色越发苍白起来。

韩圣燮安排好后续扫尾后，走进了大厅，正在大厅等待着的闻人唯忽然眼尖地发现韩圣燮身上的黑色制服浸出可疑的暗色。

"阿燮！"闻人唯喊了他一声，伸手摸过去，发现手上沾染了鲜红，"你受伤了！"

韩圣燮面无表情地活动了一下胳膊，轻描淡写地说："可能是刚才往礁石上绑绳索，不小心撞到了吧。"

"你怎么这么不小心？赶紧叫医生来包扎一下啊！"闻人唯焦急地就要把他拖走。

"没事，用不着医生，叫风纪部的成员帮我弄一下就好。"

看到这一幕，沈楠欣和另外两位女生实在抵不过良心的谴责，走到了韩圣燮面前。

"韩……部长，"沈楠欣鼓起勇气，声音细如蚊蚋，"对……对不起，我之前一直为了白兰度跟你作对。"

"是啊，我们以后再也不会随便相信别人的谎言了。"

"以后我们会坚决拥护风纪部的！"

闻人唯挽起韩圣燮的制服袖子，露出了他结实的臂膀上一条二寸来长的伤口。她的眼圈一下子红了："你们倒好，说一声对不起就行了，让别人替你们收拾烂摊子……"

韩圣燮抬起手，打断了闻人唯要说的话，他的脸色苍白得透明，露出了有史以来最温和的微笑："我们风纪部的职责，就是保护每一位同学。不管你们心中支持谁，拥护谁，在我眼中都没有分别。只要你们明白，我们存在的意义就是为了守护大家的自由和快乐，那我的伤就没有白受。"

沈楠欣愧疚得潸然泪下，在场的所有同学也都被感动得稀里哗啦，不知道是谁带头喊了一句，接下来大家纷纷喊道。

"支持风纪部！只有韩圣燮才是我们的部长！"

"支持风纪部！我要投韩圣燮一票！"

"韩圣燮！韩圣燮！"

大家终于明白了韩圣燮的良苦用心，闻人唯难受的心情好了一点儿，可是更深的忧虑笼罩在了她的心头……

4

由于接下来不稳定的台风天,大家集体投票决定提早回学校。然而当天刚回去,韩圣燮他们就被打了个措手不及——白兰度居然趁韩圣燮不在,召集宝星市所有的媒体开了个记者会。他高调宣布,自己就是当年那位创建圣樱学院的伯爵后裔,这次他回来,就是为了拿回属于自己家族的财产。

"他怎么有脸说这种谎?"卞青窈怒气冲冲地摔了报纸,"明明和我一样来自孤儿院!"

"那可不一定,人家不是还有个养父吗?万一海默因希伯爵的确是当年的伯爵后裔呢?"月琦蔓轻摇着扇子说。

卞青窈立刻对她怒目而视:"你到底是站在哪一边的?"

"我只是说出可能存在的事实而已啊,"月琦蔓耸了耸肩,"你们风纪部的空调是不是坏了,我怎么觉得那么燥热,还是因为某人脾气太大了,不分好歹见人就骂呢?"

"圣玛丽女子学院和我们本来就是死对头,我这么说你有什么问题?"卞青窈气得口不择言。

月琦蔓的脸色"唰"地变了,蓦地站起身:"你这么说是什么意思?"

闻人唯和艾蜜橘见情况不对,赶紧上前,一人拉住一个,才把濒临吵架的两个人劝住。月琦蔓个性高傲,被卞青窈这么一说,立刻就甩手离开了。

"青窈,你明明知道月琦蔓不是这样的人,她这次也帮了我们很多,怎么能这么说呢?"闻人唯无奈地说。

卞青窈自知理亏,"哼"了一声:"只要她能帮我们解决现在的问题,让围在教学楼下的学生都回家,让我怎么道歉我都愿意。"

闻人唯苦笑一声:"你明知道,这个问题,阿燮都很棘手。"

事情到了这个地步,他们都明白了。先前白兰度提出要竞选风纪部部长,只是个骗局。他本意是为了转移韩圣燮和风纪部成员的注意力,让他们放松警惕。顺利地支开了所有人后,他召开新闻发布会,而韩圣燮则因为被困在海岛上,错过了澄清的最佳时间。

学院里到处疯传着关于关掉圣樱学院的流言。

学生人心惶惶,害怕暑假过后学院就没了,明明是放暑假的日子,第二天竟然谁也不肯回家,一早全都聚在教学楼下,等着风纪部出面给个说法。

第十一章
解散圣樱学院

"韩部长,请你给我们一个保证吧!"

"对啊,万一暑假过完回来,圣樱学院已经不在了怎么办?"

"呜呜……我不想转学,我舍不得同学们呀……"

教学楼外,已经有胆小的女生哭了起来。所有人都感到了风雨飘摇的绝望,一点儿都没有暑假到来的开心。

闻人唯站在风纪部办公室的窗前,一筹莫展地看着楼下黑压压的人群,忽然,一群穿着圣樱学院制服的学生跟着一个高大的身影,从远处一路来到了教学楼下的阶梯前。

一瞬间,吵吵嚷嚷的人群就安静了下来,每个人都目光炙热地盯着他们的风纪部部长。

韩圣燮的背脊挺得笔直,像一座高山,巍峨卓越,令人不敢攀登;又像浩瀚的宇宙苍穹,蕴藏着无穷的魅力。

"你们放心,圣樱学院既然已经存在了一百多年,就绝不会轻易垮掉。"他的嗓音清冷低沉,却带着神奇的安抚人心的魔力。

"那……那你能保证,我们放假回家,你能守住圣樱学院吗?"有个男生大着胆子问。

韩圣燮微微一笑,取下脸上的黑框眼镜,他那双幽黑的眼睛里闪烁着明亮的光,俊美如清风,清隽似明月,风华让所有人都为之倾倒。

"我保证。"

得到了韩圣燮的承诺后,学生们各自散开了。

韩圣燮回到办公室后,闻人唯像个小尾巴似的跟着他,好奇地问:"阿燮,你是不是已经有什么好办法了?"

"办法?"韩圣燮失笑地说,"没有。"

"那你怎么……"闻人唯的嗓音不禁提高了一个八度。

"虽然我还没有想到办法,"韩圣燮抬手揉了揉她的头,目光投向远处的繁星广场,"但现在白兰度比我们还要急,所以我们只要坐在这里,等他先出招就行了……你看,这不就来了吗?"

闻人唯抬起头,朝他示意的方向望去。果然,远处有一群黑衣人走进了校门,他们簇拥着一位金发少年,正气势汹汹地朝这边走来。

"看来,事情比我想的还要有意思。"韩圣燮眯起眼睛,森冷地看着跟在白兰度

身边的一抹熟悉的身影。

白兰度走进教学楼,目标直奔风纪部,他带着一大帮人"哗啦啦"地拥进了办公室,虎视眈眈地盯着坐在办公桌后的韩圣燮。

"你想干什么?出去!"

卞青窈也不甘示弱,带着风纪部的所有成员挡在这些黑衣保镖的面前,气氛顿时剑拔弩张。

"白兰度同学,你带这么多人来风纪部,是有什么事吗?"韩圣燮淡定地坐在椅子上。

"别装傻,看看这是什么。"白兰度也懒得装优雅绅士了,冷冷地拿出一个文件夹,"啪"地扔到了韩圣燮的办公桌上。

韩圣燮唇边噙着一抹笑意翻开来,站在他身后的闻人唯伸长脖子去看。

"土地所有权……法律文书?"

白兰度怎么会有圣樱学院土地与建筑物所有权的法律文书?

"看清楚了吗?"白兰度抱起肩膀,势在必得地问。

"清楚了。"韩圣燮合上文件夹,不紧不慢地回答。

"既然清楚了,那还不把办公室让出来?"白兰度诧异地挑挑眉毛,"难道你还要等警察和公证员过来,亲口证明我拥有圣樱学院的土地绝对处理权,强行把你赶走吗?"

5

"你欺人太甚！"

闻人唯只觉得脑子里"轰"地一下，好像有愤怒的火山爆发了。她一个箭步就要冲上去暴打白兰度，可还不等他身后的黑衣保镖行动，一个意想不到的人挡在了白兰度的面前。

"步翡？"卞青窈和闻人唯异口同声地叫了出来。

凌步翡穿着一身黑色的西装，那张俊朗的脸上没有任何表情，动作僵硬而冰冷地将闻人唯和白兰度隔开。

"步翡，你这是在干什么？"卞青窈不敢相信地看着面前这个熟悉又陌生的身影，"你是不是疯了？"

白兰度饶有兴致地观看着韩圣燮脸上的表情，令他失望的是，韩圣燮并没有像他想象中的那样失态，而是姿态优雅地靠在椅背上。

"韩圣燮，不管怎么说，你还真是个不错的对手。"

韩圣燮微微颔首："谢谢你的夸奖，不过，我有个问题想要请教。"

"你问。"白兰度很好奇已经到这种时候了，他还想问什么。

"刚刚，我在这份法律文书上看到了有我爷爷签名的学院股份文件，"韩圣燮冷静地说，"这原本应该是一份绝密文件，只有和我关系亲密的人才能接触到。"他顿了顿，目光突然锐利得像把刀子，直直射向脸色变得惨白的凌步翡。

"不……不可能……"卞青窈不敢置信地看着凌步翡。

"步翡……是你吗……"闻人唯也满是震惊。

凌步翡的双手紧攥成拳头，指节都捏得发白，过了好一会儿，才低哑着声音说："没错，是我。我偷出了韩圣燮的文件给了白兰度。"

"为什么？"闻人唯大喊出声。

凌步翡是韩圣燮为数不多的朋友之一，他性格温和开朗，深受大家的喜欢，一直是韩圣燮的左膀右臂。也是因为有了他的平衡，大家对风纪部的印象才不是那么冷冰冰的，不近人情。

看着闻人唯愤恨的眼神，凌步翡忍不住移开了眼睛："对不起……"

"不要说对不起，告诉我为什么！"

他痛苦地闭上眼，低吼出声："我不是告诉过你吗？这个世界上，除了你，对我

最重要的人就是我的恩人!我之所以做这些事,都是为了报恩!"

霎时间,闻人唯只觉得脑子里一片空白。没错,凌步翡是说过他有个恩人,一直资助他上学……可是这个恩人,居然是白兰度?

"不可能!"卞青窈想要冲过去,被一个黑衣保镖拦住了,"你说谎!你不可能背叛风纪部,背叛学院!"

"哈哈哈!"白兰度突然嘲讽地大笑起来,"青窈,你果然还是和小时候一样天真。"

他居高临下地看着她:"事实是,他已经背叛了风纪部,背叛了你们,投向了我这一边。要不然,我的这些文件怎么可能准备得这么全?"

"白兰度!"卞青窈的目光中充满了憎恨,她死死地瞪着白兰度,恨不得在他那可恶的脸上咬上一口,"你不会得逞的!圣樱学院永远也不会属于你!"

"哈哈,"他嗤之以鼻地笑了笑,看着她的眼神充满了复杂,"不好意思,我对圣樱学院也一点儿都不感兴趣,我只想拿回属于自己家族的宝藏。待会儿,我就会当着你们的面请人公证这份法律文书。明天挖掘机就会开进圣樱学院。"

"你浑蛋!"卞青窈气得额头上的青筋暴起,她上半身被一个保镖挡着,便伸出脚想去踢白兰度,白兰度身后的两个保镖见状上前禁锢了她的腿。白兰度眼神一凛,刚想要说什么,一个娇小的身影就冲上前去。

"不许碰她!"

有了闻人唯带头,风纪部的成员们一窝蜂拥了过来,开始用力推搡保镖们。保镖们刚想有所行动,就被白兰度阻止了。

"行了,我们的目的是来接手圣樱学院,不是来打架的。"他淡淡地说,碧绿的眼睛里闪烁着残酷的光,"韩部长,你说呢?"

韩圣燮站起身来:"有风纪部在一天,就不允许有流血事件发生。"

他看也没看凌步翡一眼,走过去伸手将卞青窈拉到身后,缓缓对白兰度说道:"不过我要告诉你,圣樱学院里,并没有你想要得到的宝藏。"

第十二章

摧毀城市的秘密

1

"这就不关你的事了。"

白兰度嗤之以鼻,还想说什么,但卞青窈已经情绪崩溃地大哭了起来,风纪部的成员们全都围在她身边,无言地筑起了一道屏障,沉默而警惕地看着这些不速之客。

"青窈,你不要这样!"闻人唯也忍不住流下了眼泪,"不要为这样的人伤心,你还有我们……"

原本低垂着头的凌步翡忽然抬起了头,张嘴就要说些什么,白兰度神色微变,伸手就要去阻拦。这时,一道咋咋呼呼的声音在门外响起。

"发生什么了?"艾蜜橘和原葵斗听说了学生聚集在教学楼外讨要说法,就赶紧跑来了,没想到竟然看到白兰度领着一群保镖把风纪部围堵了。

闻人唯低声跟艾蜜橘说了刚才发生的事,原葵斗震惊得说不出话来。

艾蜜橘听完,生气地谴责道:"白兰度大哥!你不是说过,青窈是你从小就很重要的朋友吗?你怎么能这么对她?"

白兰度的神色微微一变,他没有吭声。

"因为你,青窈昨天伤心得一天一夜都没有睡觉,你们不是小时候的好朋友吗?为什么你要夺走她最重要的学院呢?你这样做,真是让我后悔把你当成哥哥的好朋友!"

"要不然,"凌步翡于心不忍,转头轻声向白兰度求情,"今天就算了吧?"

白兰度碧绿的眼珠转了转,目光在卞青窈身上停留了一会儿,答道:"那好,就多给你们一天的时间。明天,我必须要接手圣樱学院。"说完,在所有人冷漠的目光中,他带着凌步翡和保镖大步流星地走出了办公室大门。

白兰度离开后,整个风纪部的气氛变得越发沉重,所有人的目光齐刷刷地看向韩圣燮,他抿了抿薄薄的嘴唇。

"风纪部照旧,分派小组巡逻学校。"

"我也去。"闻人唯应声道,她抹了抹眼泪,神情变得坚定:"蜜橘,阿葵,能拜托你们照顾一下青窈吗?"

艾蜜橘点点头,和原葵斗一起扶着崩溃的卞青窈回寝室休息去了。

"小唯……"韩圣燮的眼睛里掠过一抹流光,"其实这里有我一个人就可以了,你应该先回去休……"

第十二章
摧毁城市的秘密

"我不去,"她摇摇头,倔强地说,"昨晚我好歹还睡过一会儿,可是你一直没有合眼,哪怕我能帮上一点儿忙也好……"

这一次,韩圣燮却没有强硬地拒绝闻人唯的帮忙,他伸手摸了摸她的头:"好。"

韩圣燮还是一如既往地沉稳,有条不紊地布置着学院的巡查和维护工作,好像什么事情都没发生似的。

一天很快就过去了,巡查和维护工作结束,韩圣燮听完成员们的汇报,让他们解散各自回去。随后他又回到了办公室,把历年来所有的文件都翻出来仔细查阅。闻人唯不敢出声打扰,只好在旁边帮忙整理文件。

夜深了,校园里越发静谧,就连树上的蝉鸣声都少了很多。办公桌上的咖啡喝光了好几杯,闻人唯不忍心地看着韩圣燮蹙起的眉心,忍不住劝道:"阿燮,你先休息一会儿吧,再这样下去,身体会吃不消的。"

韩圣燮摇摇头:"我不累。白兰度拿出的那些文件,是我亲手放在风纪部档案里的,没弄清楚凌步翡窃取了哪些,我不能放心。"

"可是,这么多文件,要整理到什么时候啊!"闻人唯扫了一眼书架后被锁在书柜里的文件,恨恨地说,"没想到凌步翡居然会这么做,就算是为了报白兰度的恩,也要分清楚是非黑白吧!真是看错他了!枉你还那么信任他……"

"他不再是风纪部的一员了,"韩圣燮打断她的话,"也不再是我的朋友。"

看着韩圣燮黑亮的眼睛里闪过的痛楚,闻人唯心中也没来由地跟着一痛。凌步翡的背叛,对青窈来说是个难以接受的打击,但对于韩圣燮来说,又何尝不是难以启齿的伤痛?韩圣燮虽然看上去很冷漠,但内心对于朋友的重视不亚于青窈,可是,他却只能把这些情绪藏进心底……

"不要紧。"她情不自禁地握住他的手,"你还有我,我会一直陪在你身边。"

韩圣燮眼睛里漫过一抹暖色,柔声说:"谢谢你,小唯。"

闻人唯看着他近在咫尺的俊美脸庞,没来由地红了脸:"不……不用谢啦!"

他轻笑一声,道:"不用担心,我们还没有到输的时候。"

这一笑如春风拂面,刹那间点亮了窗外灰暗夜空的漫天星光,让闻人唯心头的阴霾一扫而空,她用力点点头。两个人的肩膀倚靠在一起,感受着从彼此身上传来的温度与力量,仿佛连心也紧紧相依了。

2

　　两个人静静依偎了一会儿，忽然，窗外的天空慢慢变亮了。闻人唯惊讶地"咦"了一声，起身走到窗前看去，顿时发出一声惊呼："阿燮！快来看啊！"

　　韩圣燮闻声走了过去，才往下面看了一眼，就怔住了："这是……"

　　漆黑的夜色中，教学楼外，聚集着一大群学生，每个人手里都举着一条手幅，手幅上写着：守护风纪部，守护圣樱学院。众人面前，一盏盏点燃的蜡烛摆放成圣樱学院的标志。

　　一个小小的、跳跃的火光是那么微弱，那么不起眼，但千百盏烛光汇聚在一起，却比白昼的阳光还要温暖耀眼。

　　闻人唯忍不住吸了吸鼻子："阿燮，我好感动啊。"

　　"怎么还要哭了？"韩圣燮哑然失笑。

　　"我终于知道，风纪部的宗旨为什么是'守护'了，"她抹了抹眼睛，认真地说，"只有用心对待过每一个人，才会得到相同的回馈。"

　　高强度的工作一直持续到后半夜，整整两个大书柜的文件终于整理完毕，韩圣燮将凌步翡窃走的所有文件的目录汇总成一个表格后，随即陷入了沉思。

　　"啊！终于做完了，"闻人唯伸了个懒腰，看看墙上的挂钟，"想不到已经凌晨三点了！"

　　韩圣燮回过神来："你要不要回去小睡一下？这里有我就行了。"

　　"不用，反正也睡不着了，还不如帮你的忙呢。"

　　"该做的已经做完了，没有什么需要你帮忙的，"他的眼底闪过一丝疼惜，"现在我们只要等就行了。"

　　"等？等什么？"闻人唯奇怪地问。

　　他神秘地笑了笑，没有再继续这个话题。

　　闻人唯打了个哈欠，嘟嘟囔囔地说："算了，反正你总是要等最后一刻才肯说。不过白兰度为了拿走传说中的神秘宝藏，耍了这么多把戏，我真挺好奇那个宝藏会在哪里。这么多年都找不到，他怎么那么坚信宝藏的存在呢？"

　　"人的贪欲是无尽的。至于宝藏在哪儿，我猜他知道就在纪念碑下面的地下室。"韩圣燮嗤笑一声。

第十二章 摧毁城市的秘密

地下室？闻人唯心里"咯噔"一下，忽然想起有一天她偷偷跟着韩圣燮三个人到地下室，却遇到了白兰度的事。

"这么多天，他在学校里做的事，你以为我一无所知吗？纪念碑倒塌，我就觉得奇怪，世界上哪有那么巧的事，白兰度一来，闪电就劈垮了纪念碑，露出了地下的密室。虽然当时调取过春樱殿前的监控录像，并没有发现什么异常。但后来我总隐隐觉得不正常，又想把纪念碑被闪电劈碎的前几天的监控录像调取出来，结果保安室告诉我当时的监控摄像头不知怎么损坏了，直到纪念碑被劈碎的当天才换了一个新的监控摄像头。"

"什么？你的意思是圣樱纪念碑被闪电劈碎只是一个幌子，实际上是白兰度人为破坏的？他早就知道圣樱学院有地下室，并且知道地下室的位置！"

"后来我安排了保安二十四小时看护，白兰度想要靠近也没那么容易。"

然而，白兰度不但靠近了，还已经进去过了……

"咳咳，"闻人唯心虚地咳嗽两声，"所以，你也早知道圣樱学院地下室的秘密？那里面真的有宝藏吗？"

"关于学校的秘闻，我爷爷很久以前就告诉过我了，那里面绝对没有白兰度想要的财宝。"

"那地下室里到底有什么？"

面对闻人唯的好奇追问，韩圣燮只是摇了摇头："爷爷以前隐约提过，里面的东西非常危险，他希望永远不要有重见天日的一天。所以我尊重了他的意愿，没有去查看过。"

闻人唯张了张嘴刚想要说什么，忽然脑海中闪过了一道白光，她"啊"地叫了一声，猛地从座位上跳起身来。

"等等！"她抓住韩圣燮的肩膀，"那个地下室里，是不是有一道暗门，上面画着兰花和双鱼的图案？"

"你怎么知道？"韩圣燮惊讶道。

闻人唯干笑一声，坐回椅子上，从口袋里摸出手机："我不但知道，还拍了照呢。"说着，她翻出那天偷拍的地下室暗门的照片。图片中光线虽暗，但那剥落的漆、色彩斑斓的花纹还是可以看得一清二楚。

韩圣燮接过来看了半晌，抬起头："这是怎么一回事？"

闻人唯老老实实把那天自己一时兴起，偷偷跟踪他们的事说了出来。看着韩圣燮

平静无波的眼睛,她头皮一紧,赶紧拍胸脯保证:"我绝对不是要故意隐瞒你的!只是最近发生了那么多事,我给忘了……我发誓!我是真不记得这张照片了!"

"我知道,"韩圣燮揉揉太阳穴,头痛不已,"我没有怪你的意思。"

不过,也幸好有了闻人唯的爆料,他才知道白兰度已经潜入过地下室。连闻人唯都发现了那个暗门的存在,恐怕白兰度也已经确定所谓的"宝藏"所藏之处了。

"他说给我们一天时间,不知道明天他会对学院做什么……"闻人唯越发忧心忡忡。

"不用担心。"韩圣燮安抚地拍了拍她的头。

忽然,办公桌上的电脑响起"叮"的一声,是邮件的提示音。

他微微一笑:"看,我们等的东西,说来不就来了吗?"

第十二章 12
摧毁城市的秘密

3

清晨。

盛夏的蝉鸣一大早就开始喧闹,明亮刺眼的阳光照在身上,令人感到灼热得刺痛,昨夜闻人唯还是没有撑住,被韩圣燮赶回寝室睡了几个小时。

她醒来后,随便吃了点儿东西果腹,刚洗完澡,正擦着湿漉漉的头发从浴室里出来,就听见了床头传来"丁零零"的手机铃声,刺耳而急促。她一接起来,听筒里就传来艾蜜橘气急败坏的声音。

"小唯!快来春樱殿这边。白兰度一大早就调来了挖掘机,要拆学校了!"

再也顾不上擦头发,闻人唯匆匆忙忙地换好衣服就往门外冲。一拉开门,她就被走廊里挤得满满的人吓到了。

原来大家都因为太过不安,干脆聚到一起做伴等风纪部的消息。

"小唯,是发生了什么事吗?"看到她出现,"小雀斑"眼睛一亮,带着大家围了上来。

闻人唯没有时间解释,原本想让大家都回去等消息,可转念一想,又叫上了她们:"白兰度带人来拆学校,愿意帮忙的就跟我来!"

乌泱泱一大帮人跟在闻人唯身后,朝春樱殿广场跑去,一路上不时有莫名其妙的同学过来问情况,之后也都加入了这支队伍中。看着越来越多的人,闻人唯心头漫过一股暖意。

"谢谢大家帮忙!"她感动地说,"阿燮看到了也一定很欣慰。"

"这不是应该的吗?我们也是学院的一分子呀!"

"对啊,以前不管发生了什么事,都有风纪部扛着,这次也该轮到我们守护学院了!"大家纷纷出声支援。

闻人唯带着他们赶到春樱殿广场时,正好碰到风纪部成员们和白兰度带来的保镖对峙。风纪部因为人少,已经落了下风。一辆高大的挖掘机停在他们身后,发动机已经"轰隆隆"地开动了,虎视眈眈地要拆除春樱殿。

同学们一窝蜂地冲了上去,保镖虽然个个人高马大,但面对无数奋不顾身的学生,还是难免束手束脚,不敢动粗,形势瞬间逆转。

艾蜜橘眼泪汪汪地跑了过来:"小唯,你怎么才来呀?我一个人快支撑不住了!"

"现在情况怎么样?"闻人唯焦急地扫了一圈,并没有在人群里发现白兰度和

韩圣燮。

"青窈太伤心了,我没敢告诉她这件事,就自己来了。"艾蜜橘一脸担忧,"我们在这边阻拦挖掘机,白兰度带人去地下室了,他手上有法律文书,我们没法阻拦!"

一听这个,闻人唯就着急地要去助阵,艾蜜橘拉了她一把,不放心地叮嘱:"韩圣燮也在下面,我叫原葵斗去帮忙了!"

"知道了!"

有了上次的"探险"经验,闻人唯轻车熟路地跑下了通往地下室的石级,不过这次,已经不需要手电筒了。好几台停电应急灯将地下室照得如同白昼,百年前的陈旧历史如同一幅厚重的油画展现在她面前,两排黑衣保镖守在里面。

闻人唯没心思去细看这里的装潢,一眼就看到两个高大的男生站在那扇双鱼兰花门前,一个金发碧眼,一个黑发黑眸。

"阿燮!"

她径直就要冲上去,一直躲在角落的原葵斗跑了出来,伸手拼命拽住她:"小唯,别过去……白……白兰度他们人多,打算撬门了!"

他精致的脸吓得苍白,这么怯懦的个性不知道艾蜜橘让他下来帮忙有什么用,闻人唯也无心苛责,心急如焚地挣脱开他:"就是因为他们人多,我才要来帮忙啊!"

她跑到韩圣燮身边,他和白兰度之间的气氛已经降到了冰点,倒是白兰度身后的一个黑衣人向她打了个招呼:"小唯,你也来了。"

闻人唯瞥了凌步翡一眼,他脱下圣樱学院的制服,她倒是一下子没有认出来。见她神色冷淡,凌步翡的目光黯然了几分。

韩圣燮俊美的脸上没有表情:"你已经试过了,根本找不到打开这扇暗门的方法,还是放弃比较好。"

"我费了那么大功夫,到了这个时候你跟我说放弃?"白兰度露出不耐烦的神情,碧绿的眼睛里闪过一丝阴郁,"我知道你有钥匙,既然不愿意拿出来,那就别怪我不客气!"

他扭过头,对身后的保镖们下令:"撬开!"

保镖们马上搬出一个巨大的工具箱,从里面拿出电钻和铁锤,闻人唯看到这一幕,急得立刻张开手臂挡在门前:"不许乱来!这里是圣樱学院,不是你的私人财产!"

"什么圣樱学院,我有法律文件就是我的。"白兰度神色一厉,"让开。"

第十二章 摧毁城市的秘密

闻人唯还想要说什么,身后的韩圣燮扶住了她的肩膀:"小唯,让开吧。"

"你不是就想要打开这扇门吗?"韩圣燮从口袋里拿出一把黄铜钥匙,"我可以帮你打开,不过……"

他意味深长地扫视了在场的人一圈,特地在凌步翡身上停留了一瞬:"我希望打开以后,你们都做好失望的心理准备。"

4

"吱呀……"

滞涩而厚重的机轴声响起,这是年久失修、严重缺乏润滑维护的黄铜门发出的声音。随着这缓慢刺耳的声音,灰尘一阵阵扬起,弥漫在空气里。

白兰度屏住呼吸,充满期待地看着这扇被缓缓打开的门。虽然养父在外人眼里是一个不惜一切手段攫取财富与资源的坏人,但在他眼里,海默因希伯爵倾尽全力培养他,将他视如己出……不久之前,海默因希伯爵去世了,将自己的财富和地位都传给了他,只留下了一个遗愿——得到圣樱学院的宝藏。他将海默因希伯爵视为生父,因此只要是海默因希伯爵要求他做的事情,他一定会去完成,不惜一切代价。

韩圣燮举着手电筒,率先牵着闻人唯走进了门内,白兰度和其他人紧随其后。穿越长长的走廊后,出现在所有人面前的场景,却让人大跌眼镜!

"这……"闻人唯揉揉眼睛,"一个堡垒?"

门后并没有像白兰度想象的那样,堆满闪闪发光的金银珠宝、随地可见的古董油画。映入眼帘的,居然只有一座灰扑扑的、毫不起眼的钢铁堡垒。而且因为在地下埋藏了太长时间,堡垒的钢铁外壳上已经锈迹斑斑,只能勉强看到上面褪色的红漆刷着一串数字编号。

看着这座钢铁堡垒,闻人唯觉得格外眼熟,她拼命在脑海里搜索半天,总隐隐感觉自己好像知道这是个什么东西。她抬头看向韩圣燮,忽然想起之前在军事博物馆韩圣燮当义务讲解员,讲过百年前的历史……等等!

"这个不是'小雀斑'所说的百年前世界大战上,当时研发的最新战争武器吗?"她惊呼出声。

"没错,是它。"韩圣燮点了点头。

"'小麻雀'说这个武器当时炸毁了一座城市,这么恐怖的武器怎么会在这里?"闻人唯一听韩圣燮的回答,吓得连忙退后了两步。

"不可能!"白兰度还没来得及说话,没想到凌步翡先一步开了口,他似乎不能接受这个事实,铁青着脸喊,"来几个人,给我把它弄开!"

"不许动。"韩圣燮挡在堡垒前,"这东西可不是能随便乱来的。"

闻人唯点头如捣蒜,赶紧接话道:"没错,你们千万不要冲动啊!要是不相信,你们现在就可以去军事博物馆看,这个武器的仿制品就陈列在武器馆大厅里。"

第十二章
摧毁城市的秘密

"我不会相信你们这种可笑的缓兵之计。又不是电视连续剧，故事编得倒是活灵活现的。"白兰度向已经惊呆了的手下发号施令，"怎么还愣着？快给我弄开它！"

"时间差不多了。"韩圣燮抬起手腕，看了眼手表，却不慌不忙了。他话音刚落，地下室的入口就传来脚步声，一大群警察鱼贯而入，迅速控制住了黑衣保镖，原葵斗吓得"啊"地叫了一声，一屁股坐在了地上。

"举起手来！不许动！"

"放下武器！"

一位身材魁梧的警长走过来，出示证件之后大声宣布："我们接到举报，说这里可能有战争时期的武器残留。为了宝星市民众的安全，我们将把这一带暂时封禁，排除危险以后才准进入，请各位予以理解和支持。"

一瞬间，白兰度的脸色变得难看极了，他狠狠地瞪向韩圣燮："你居然报警？"

"不是圣燮报的警，是我。"一个高大的身影从地下室入口走了进来，月琦垩那张冷若冰霜的脸出现在大家的面前。

韩圣燮和月琦垩撞了撞肩膀，又碰了一下拳，两个人之间的默契，让一旁的凌步翡脸色更差了。

局面迅速逆转，所有人都被赶出了地下室。重见天日之后，闻人唯吸了一口新鲜空气，露出心满意足的神情，随后拍了拍原葵斗的肩膀："你这家伙，怎么胆子越发小了，警察来了还吓得坐到了地上？"

原葵斗惨白的脸色还没有恢复过来，冷汗挂在额头上，过了好一阵才勉强地说："那……那些黑衣保镖好像坏人……"

这时候，广场上的学生们迅速围拢过来，自发地站到了韩圣燮他们身后。闻人唯瞥了一眼白兰度那群人脸上难看的表情，忍不住心头暗爽。

不过她左右看看，也没发现那抹熟悉的身影，不由得疑惑地问："咦？蜜橘呢？"

"她接了个电话，先走了。"好久不见的月琦垩难得地搭话，闻人唯顿时受宠若惊。接着他又转过身，一板一眼地对白兰度说："警是我报的，圣樱学院出现了毁灭性武器，必须疏散所有人。这里也得交给宝星市的警察们来处理。"

"你们……"白兰度恍然大悟，"你们是预谋好的！给我下套！"

"这怎么能叫预谋呢？"韩圣燮的唇边噙着淡淡的笑意，"不是你自己要求一定要打开这扇门的吗？"

"嘿嘿，上当了吧？"闻人唯脸上的焦急也一扫而空，朝白兰度做了个鬼脸。

　　原来，昨天晚上，韩圣燮等的就是身在国外的月琦垩的邮件。自从上次他们从地下室出来，又拿到了闻人唯的笔记本之后，月琦垩就被派到意大利，寻找精通古拉丁文的学者破译笔记本上的文字了。

　　经过一个多月的破译，月琦垩终于在关键时刻传回了笔记本里的内容。笔记本里记载的正是有关于圣樱学院地下室——当年人们计划着要推翻伯爵，可在准备行动的前几天，有内奸背叛，通知了伯爵，伯爵便仓促地收拾好行装匆匆逃走了。可是他深深憎恨这座城市的人们，他认为自己给他们带来了富饶的生活，却被背叛。

　　于是，他留下了这个可怕的军事武器，为了报复驱赶自己离开的民众。临走时，伯爵留下了两把钥匙，一把用于开启双鱼兰花门，另一把用于启动武器。

5

凌步翡站在白兰度身边,脸色阴沉得能滴出水来:"编造出一个这样的故事,我们就会相信吗?如果伯爵真的憎恨背叛自己的市民,他为什么不引爆这个武器?"

"这还用问吗,他不是光顾着自己逃命了吗?"闻人唯没好气地瞪着凌步翡。

韩圣燮淡淡地说:"接下来的故事,我可以告诉你。伯爵逃走前将钥匙留给了自己的心腹侍卫,命令他们在自己离开后就启动武器。可是这两位侍卫却没有照他说的那么做,为了保护无辜的市民,他们决定死守这个秘密,并且从此以后再也不接受伯爵的任何命令。"

白兰度翡翠般的眸子里满是凝重,对于韩圣燮的话,他已经相信了大半。他直视着韩圣燮,道:"所以你们韩家,就是伯爵两位侍卫之一的后代?"

霎时间,在场所有人的目光都齐刷刷地落在了韩圣燮身上。

"那是我曾祖父的时代发生的事了。"韩圣燮没有否认。

圣樱学院地下宝藏的秘密,居然以这样的方式解开,真是令所有人都意想不到。

"当初伯爵留下这样可怕的武器,就说明他已经彻底放弃了这块地方,而且永远没有打算回来。"韩圣燮的目光直勾勾地盯着白兰度,"发现侍卫背叛自己,没有炸毁城市之后,他还不死心地叫人散布了谣言,说自己在圣樱学院埋下了宝藏。白兰度,你是不是也听信了这些谣言,才觉得学院地下有宝藏?"

白兰度没有说话,事到如今,他要如何解释,其实他根本对宝藏这种东西毫不关心。他感觉自己像个傻子一样,从头到尾忙活了半天,原来是竹篮打水一场空。不过,这也算是对海默因希伯爵的在天之灵有所交代了吧。

"居然真是武器……"凌步翡一脸灰暗地喃喃道,不知道为什么,他看起来受到的打击好像比白兰度还重。随即他下意识地向闻人唯走去,似乎想要说什么,一向胆小如鼠的原葵斗竟然勇敢地挡在了闻人唯的身前:"你想干什么?"

凌步翡一下子反应了过来,他僵在原地,伸出的手悬在了半空中。

"步翡。"韩圣燮那清冷低沉的声音响起,凌步翡的肩膀抖了抖,却没有转过身来。"到了现在,我也只想问你一句。"他神情复杂地看着昔日的朋友,"你说,你背叛学院,背叛我们的友情,一切都只是为了报恩。那么如果你早知道学院下面埋的是军事武器,它不但会摧毁学校,还会害死整个宝星市的人,你还会选择昧着良心做事吗?"

凌步翡愣住了,嗫嚅着,久久说不出话。这个问题,他无法回答。

　　一阵清风吹过，春樱殿周围茂密的大树发出"沙沙"的响声，此刻大家却没有心情享受这难得的凉爽。宝藏的谜题解开了，而圣樱学院这所百年名校的所有权，却还是悬在学生们心头的一把利剑。

　　"所以，白兰度，"见凌步翡没有回答，韩圣燮又转向白兰度，"既然你已经知道圣樱学院并没有所谓的宝藏，那么……"

　　"你该不会那么天真，劝我把这块地让出来吧？我可从来不做亏本的买卖。"白兰度打断了他的话。

　　他的话激怒了学生们，大家纷纷出声指责，韩圣燮抬起手，示意大家安静下来。

　　"那你要怎么样才肯放弃？"韩圣燮冷漠地注视着他，"开个条件吧。"

　　就这么灰溜溜地放弃，实在有损颜面，怎么着也得扳回一城。这么想着，白兰度冷笑一声："我要——"

　　"啪！"

　　他正想开出一个夸张的条件，让韩圣燮主动放弃风纪部部长的职位或者解散风纪部，这时一个高挑纤细的身影突然从人群里扑了过来，猛地扇了他一巴掌，他白皙如玉的脸上立刻浮现出五根红红的手指印。

　　白兰度一下子被打蒙了，卞青窈还要再补几巴掌，他身后的保镖反应过来，立刻冲上前要捉她，幸好艾蜜橘眼明手快地把她拉开。

　　"你还想怎么样？是不是要所有我珍爱的东西都毁掉，你才会满意？以前害孤儿院没了，现在又来打学院的主意？"卞青窈朝他大吼道。

　　白兰度的脸色变得铁青，猛地抿住了嘴唇。卞青窈认为白兰度被自己说中了心思，态度越发冰冷："我告诉你，你休想！以前你陷害老院长入狱，当时我年纪太小，无法揭穿你的阴谋。现在敢动学院，你试试看！"

　　说着，她又痛骂凌步翡："还有你这家伙，别以为我会原谅你！"

　　艳阳下，卞青窈英气凛然，一双漂亮的杏眼经过痛苦的磨砺，如水洗一般熠熠发光。闻人唯看得惊呆了，忍不住撞撞身边的原葵斗："青窈好厉害啊……"

　　白兰度浑身僵硬地盯着卞青窈，脸上的神情说不清是懊恼还是愤怒，卞青窈毫不退让地和他对视。

　　过了一会儿，他一仰头，做出一副满不在乎的模样："喊！我才不稀罕，既然没有宝藏，圣樱学院对我就没有半点儿意义。"

　　说完，他再也不看卞青窈一眼，带着自己的人离开了。

第十三章

暗中人

1

一场关系到圣樱学院生死存亡的危机,终于有惊无险地结束了。夏天的阳光无比炽烈,白晃晃的,晒得人的眼睛都睁不开。白兰度离开后,学生们却一个都没有走,圣樱纪念碑下居然发现了一个世纪之前的武器,大家难免会提心吊胆。韩圣燮向大家解释了这件事的来龙去脉,并保证武器会被封存起来,运到安全的地方由专家来拆解,这才解除了众人的担忧。

韩圣燮黑曜石般的眸子扫过面前一张张期盼的脸,大家看到自己居然都没有害怕和躲避,倒让他有些不习惯了,平常冷漠的脸上浮起一点儿可疑的红晕:"风纪部还有事等我去处理,祝大家暑假愉快。"说完,他就脚下生风地走了,活像背后有人在追赶他似的。

大家看着韩圣燮的背影离开,过了好一会儿,人群中爆发出一阵哄笑。

"韩圣燮还挺有趣的啊!"

"你们刚刚看到了吗?他脸红了哎!"

"有点儿可爱……"

韩圣燮鲜为人知的一面,终于被大家发现了,不知道为什么,闻人唯觉得又好笑又心酸。同学们陆陆续续地离开了。微风吹落几片树叶,在半空中打着旋,闻人唯跳起身来抓住一片,摊开手心,翠绿莹润的叶子像一片小小的信笺,传递着清新的气息。

"小唯,"艾蜜橘走过来问,"暑假你回家吗?"

"回什么家啊,"闻人唯摊了摊手,"我爸妈都不知道在世界的哪个角落,当然是待在学校。"

"那太好了!"艾蜜橘圆圆的眼睛里满是高兴,"我和青窈也要留校,到时候可以一起出去旅行啊!"

"好啊!"

闻人唯开心极了,这还是她有记忆以来第一次和朋友一起过暑假。她一转眼珠,目光扫到呆立在一旁的原葵斗,他琥珀色的眼睛里没有焦距,盯着远处的教学楼在出神。

"想什么呢?心不在焉的。"她拍拍原葵斗的肩膀,"阿葵,你放假应该回家吧?"

"啊?"原葵斗迷茫地应了一声,回过神来后忙说,"当然,我当然回家。"

"那太可惜了,暑假快乐啦!我们开学再见!"

闻人唯朝原葵斗挥挥手,拉着艾蜜橘和卞青窈朝远处跑去,一路上洒下欢快的笑声,

第十三章
暗中人

留原葵斗站在原地神色复杂地看着她们走远。

虽然放了暑假，但圣樱学院里一些学生因为各种原因，没有办法回家。所以学校给有特殊情况的同学保留了公寓楼，只要提交申请，这个夏天就可以留在学校。

"什么也不干，瘫在床上好舒服啊！我爱圣樱，圣樱万岁。"吹着空调，闻人唯懒洋洋地瘫在卞青窈的床上翻着漫画，一边感慨道。

艾蜜橘在一旁写着作业，鄙视道："都放假好几天了，你倒是说说你打算什么时候开始做作业啊？"

"啊！学习使我形容憔悴，学习使我面目全非，让我这么躺到天荒地老吧。"

坐在艾蜜橘对面的卞青窈忍不住"扑哧"一声笑了出来，看到她的笑容，闻人唯一骨碌爬了起来。

"哇哇哇！你终于笑了！"

"你都好多天没笑了，知不知道我们有多担心！"艾蜜橘也凑到卞青窈面前。

这段时间，卞青窈性情变了很多，以前开朗阳光的她变得沉默寡言起来，看得出凌步翡的背叛对她的打击有多大，再加上暑假期间风纪部无事可做，她就更加颓废了。要不是闻人唯和艾蜜橘每天一大早就来她的公寓报到，恐怕她要彻底沦为"死宅"，一整个夏天都不出门。

卞青窈一怔，眼眸里浮起一层暖光，轻轻拍了拍闻人唯的脑袋："哪有那么夸张！"

就算遭受了背叛，看到还有她们担心着自己，卞青窈忽然觉得她该振作了。

刚才还轻松的气氛莫名又低沉了下来，艾蜜橘掏出手机，故作兴奋地转移话题道："说起来，我前几天看广告说我们宝星市也造出了十万吨豪华游轮，黄金公主号。你们看……"

马上，闻人唯的注意力就被吸引了过去，三个人围坐成一团，叽叽喳喳地讨论起来……

从卞青窈的寝室出来，已是傍晚时分，闻人唯和艾蜜橘约定好了第二天一起去逛街看电影后，这才依依不舍地分开。

照例，闻人唯提起脚步往风纪部走去，以韩圣燮那工作狂的性格，就算没有工作也要创造工作，是个时刻闲不下来的人。如果不是有她每天监督着，他恐怕连晚饭都不记得吃。

暑假的圣樱学院静悄悄的,就连蝉鸣声都仿佛安静了下来,闻人唯一边哼着歌往前走,一边给韩圣燮发微信。

【迦蓝一枝花:这位朋友,该吃晚饭了。】

【迦蓝一枝花:限你在三十秒以内结束手头的工作,下楼跟我一起去吃饭!】

【迦蓝一枝花:韩圣燮,你听见没有?你是不是又把手机调成静音了?】

连发好几条信息过去都石沉大海,闻人唯百分百肯定韩圣燮又把她的叮嘱抛到了脑后,气得想摔手机:"这家伙,只知道工作、工作、工作,迟早有一天我要……咦?"

夕阳的余晖斜斜地照在她的身上,在地上投下一道长长的影子。她气呼呼地刚要举起手机,却骤然发现地上出现了两道人影,而且另一道人影就紧跟在她的身后!

闻人唯浑身的汗毛都竖了起来,她猛地回过头:"谁?"

除了路边两排树荫以外,她身后空荡荡的,没有任何人影……

难道是她看错了?

2

"有人跟踪你？而且你一转过身，又什么都没看到？"韩圣燮放下手里的笔，关切地看了过来。

"嗯。"闻人唯后怕地摸摸自己的手臂，鸡皮疙瘩都冒了出来，"现在想想，以前也有过这样的事……有人好像在偷偷跟踪我，你说会不会是白兰度啊？"

"应该不太可能，"韩圣燮修长的手指轻敲着桌子，"上次你被人跟踪时，白兰度还没来圣樱上学，而且神秘宝藏事情已经结束，他有什么必要去跟踪你吗？"

"那会是谁？"闻人唯更害怕了。那种毛骨悚然的感觉又来了，好像有一双眼睛在黑暗中窥视着她！

"不要担心。"韩圣燮摸摸她的头，"我倒是有个想法……你还记得当时，你收到那个黑色笔记本的事吗？"

"记得。"闻人唯点点头，"阿葵说是一个戴墨镜的男生给我的。我猜这个男生就是白兰度，为了掩饰他的绿眼睛才戴墨镜。"

"复仇的火焰已经开始燃烧，黑暗使者已经降临，如影随形，如同殉道者渴望那不朽的荣光。"韩圣燮忽然把笔记本上那一段诗句背了出来。

"好好的，你背诗干什么？好吓人啊！"闻人唯越听越发毛，都快哭了。

"不，给你笔记本的人绝对不是白兰度。"韩圣燮目光如电，细细分析道，"先不说光凭一副墨镜遮不住脸，如果是白兰度，原葵斗不会认不出他来吗？你还记得我爷爷交给我的那把能打开地下室的双鱼兰花门的钥匙吗？"

闻人唯眼睛一亮："对，你说过还有一把钥匙，那把钥匙是用来启动地下室的武器的。"

"我一直在思考一个问题。"韩圣燮站起身，一只手扶着下巴，踱起步来，"白兰度不知道宝藏传说是假的，却知道'宝藏'藏在圣樱纪念碑下。那么，是谁告诉他的？"

"这些天，我一直在想这个给你黑色笔记本的人。当年爷爷虽然告诉了我圣樱学院的历史，却并没有告诉我当年另一个伯爵侍卫是谁。"

"你的意思是，告诉白兰度'宝藏'所在的那个人，很可能是另一个侍卫的后代？"闻人唯的脑子里像灌了糨糊，越想越乱，"那个人为什么要告诉白兰度啊？他既然是侍卫后代，不可能不知道那所谓的宝藏是军事武器啊。"

看着闻人唯一脸迷茫的模样，韩圣燮被逗乐了，他捏了一把她的脸颊："别想了，

这些都只是我们毫无根据的猜测。饿了吧？先去吃饭吧。"

吃过晚饭，韩圣燮送闻人唯回寝室。一路上，闻人唯都在想傍晚跟在她身后又莫名消失不见的影子，始终想不出个头绪。说起来，从她进入学院开始，就发生了一连串匪夷所思的事，这些事看起来毫无关联，她却隐隐约约地觉得并不单纯。

闻人唯心事重重地走到寝室门前，正准备掏出钥匙开门，忽然就僵在了原地——她房间的门竟然是虚掩的！

毛骨悚然的感觉顿时袭上了她的背脊，她握着钥匙的手心沁出了冷汗……她明明记得出门前是锁好了门的！

是谁在里面？

暑假期间，整栋公寓静悄悄的，只有徐徐的清风从走廊的窗口吹进来。

一时间，闻人唯脑海里闪过千万种想法，现在怎么办？如果是凶残的歹徒，她可打不过啊！

想到这儿，她屏住了呼吸，蹑手蹑脚地往后退了几步，决定先离开这里，偷偷报警。这时，一个人影拉开她的房门走了出来，和她当面撞了个正着！

"啊！"

闻人唯吓得惊呼一声，对方也一愣，显然没想到会发生这种情况。

看外表，他是个身材颀长的男人，穿着黑色短袖T恤，水洗牛仔裤，一顶鸭舌帽压得低低的，黑色口罩遮住了下半张脸。

闻人唯的心中冒出一个猜想，大吼道："白兰度！我已经认出你了！你想干什么？"

她一个箭步冲上去，眼明手快地打落了男人的帽子，想要确认到底是不是白兰度。谁知道这个人全副武装，鸭舌帽下竟然还戴着一个黑毛线帽，把自己的整个脑袋都裹得严严实实。不仅如此，还戴着一副大大的黑色墨镜，根本看不到他长什么样。

闻人唯又立马去摘男人的墨镜，男人伸手攥住了闻人唯的手腕。他的力气大极了，痛得她叫唤起来。男人听到，手上的力道不禁松了两分。她趁机挣脱开来，不死心地还想要去扯他的口罩。

"哒……"

混乱中，闻人唯的指甲划过了男人的手臂，很快就浮出一道血痕。他倒吸了一口气，这次也不再手下留情，对着闻人唯后颈一掌劈下。

闻人唯脑袋一晕，昏倒在了地上。

3

"小唯？小唯！"

不知道过了多久，韩圣燮的声音似乎从很遥远的地方传来，闻人唯皱了皱眉，只觉得一阵头昏脑涨……

"小唯，醒醒！"

韩圣燮心急如焚地抱起闻人唯，刚才跟闻人唯作别没多久，回寝室的路上，他忽然觉得心神不宁，便给闻人唯打电话，却无人接听。于是出于担心，他又返回来找她，想确认一下她是否安全，结果发现她居然昏倒在地上。

闻人唯长长的睫毛轻轻扇动着，苍白的脸上露出一丝挣扎，可怎么也摇不醒。韩圣燮拿出手机就要拨打120，一只小手握住他的手。

"阿燮。"闻人唯终于醒了过来，她艰难地睁开眼睛。

"小唯，你没事吧？哪里不舒服？怎么会突然晕倒在地上？"

"呃……"闻人唯难受地问，"那个打昏我的家伙呢？"

"打昏你？"韩圣燮蹙起眉头，眼中迸出愤怒的光，"有人袭击了你？"

"那个人戴了帽子、口罩，整张脸都遮住了。"闻人唯捂住还在作痛的后颈，"但我叫了一声白兰度，他明显愣住了。"

"白兰度？"韩圣燮眸光一凛。

闻人唯用力拽住韩圣燮的衣袖："一定是他，如果不是他，怎么会有那种反应？"

抚了抚闻人唯凌乱的头发，他心疼地说："先不说这个，你头还痛不痛，我们先去医院吧？"

"不……不用……"闻人唯吃力地撑着地面坐起身，晃了晃脑袋，"不疼了，就是有点儿头晕，休息一下就好。"

韩圣燮打横把闻人唯抱了起来，走进她的房间。屋内一片凌乱，书架被人翻得快要倾倒，漫画书和杂志七零八落地散了一地，所有的抽屉都被拉了出来，闻人唯眼尖地扫到自己的书桌。

"啊！我的电脑！"

笔记本电脑处于开启状态，不速之客破解了密码，拷走了里面所有的文件，闻人唯检查过后哭丧着脸："不要脸，里面还有我期末考试数学46分的真题记录啊……"

原本神色凝重的韩圣燮一下子被她逗得笑了出来："那可真是糟糕。"闻人唯气

鼓鼓地瞪了他一眼,白皙的脸上也有了一丝血色。他眸中泛起暖光:"睡吧,我替你收拾好房间。"

"可……"

"我就在这里守着你睡觉,不要怕。"

闻人唯黑白分明的眼眸里盈满了信赖的光,点点头"嗯"了一声,便安心地睡着了。

第二天天刚蒙蒙亮,闻人唯就醒来了,她从床上坐起身,迷迷糊糊地想要去厕所,忽然觉得自己的手被什么东西压住,低头一看,韩圣燮居然趴在她的床边睡着了。

他真的守护了她一整夜,睡着了还不忘握住她的手……感受着手心传来的温暖触感,闻人唯的心里也升起一股暖意。韩圣燮睡着时取下了眼镜,眉宇间的凌厉淡了很多,白净的脸上多了一些少年的天真,纤长浓密的睫毛像洋娃娃脸上的假睫毛,薄薄的嘴唇微微翘起,噙着一丝笑意。

平时总是看着韩圣燮不是在风纪部忙碌,就是带着人在学院里巡逻,很少看到他休息的样子,他太累了,是该好好睡一下……闻人唯不忍心弄醒韩圣燮,便重新躺下,闭上了眼睛……那就再陪他睡一会儿吧。

饱睡了一觉,闻人唯再醒来时,韩圣燮已经把早餐买好了。两个人简单洗漱下,吃过早饭,就前往月光古堡,打算找白兰度弄清楚昨天的事。

然而刚跳下公交车,闻人唯就发现不太对劲。

"哎?怎么这么多人在搬东西?"

远远地,她就看到古堡恢宏大气的门敞开着,门前停着一辆豪华轿车和几辆厢式货车。仆人们正有条不紊地往外一件件搬着东西。管家站在大门口,时不时吩咐两句。每一个人都忙碌极了。

她拉着韩圣燮急匆匆地跑过去:"管家大叔,你们这是要干吗?"

管家看到闻人唯,有点儿惊奇:"这位小姐,请问您是……"

"我们是白兰度的朋友,请问你们这是要搬家吗?"韩圣燮接话道,他瞥了一眼两位从他们身边经过的仆从,发现他们正在搬运一幅白兰度的巨幅油画,他示意闻人唯也看了一眼,她立马明白事情不寻常:"对对,我们是朋友。"

"少爷还说他谁都没告诉,"管家没有怀疑,欣慰地说,"想不到还是有朋友找来了。不过你们来晚了,少爷今天就会离开宝星市,吩咐我们把城堡里的私人物品都带走,原有的家具都封存起来呢。"

第十三章
暗中人

"什么？"闻人唯叫出声来，"白兰度要走？"

"是啊，上周少爷说他还是要回卡罗伊斯学院去。"

这怎么行？她还没抓住昨天袭击自己的神秘人呢！如果真是白兰度，她一定要让他吐露出自己的阴谋！

闻人唯急得跳脚，幸好身边还有个沉稳的韩圣燮，管家似乎对白兰度在圣樱学院做的事一无所知，很爽快地交代了白兰度不久前才前往机场，乘坐的航班是上午十点半的。

"还来得及！现在才九点。"

韩圣燮看看手表，刚想要打车，这时卞青窈打来了电话。

"阿燮！凌步翡刚才给我发了信息，说他要和白兰度一起离开！"她焦急的声音从电话那头传来，"怎么办，难道就让他这么走了吗？"

"别着急！你先去机场，我们到那儿会合！"

嘱咐了卞青窈两句，韩圣燮和闻人唯打车前往机场，如果顺利的话，完全能在飞机起飞前截住白兰度！

4

时间一分一秒地过去，路上还碰上了几次堵车，闻人唯急得直拍车门，司机大叔很紧张地从后视镜看她。

"小姑娘不要急啦！我的车门都要被你拍烂了！"

韩圣燮赶紧握住闻人唯的手，哭笑不得："你再这样，我们恐怕就会被赶下车了！"

好不容易赶到机场，目之所及都是拖着行李箱的人，有戴着红帽子"哇啦哇啦"说着外语的旅行团，也有依依不舍分别的一家人。闻人唯和韩圣燮直奔飞机安检口，找了好几圈，都没有在排队等候安检的人群里发现白兰度的身影。

"小唯！这里！"就在闻人唯捂着肚子呼呼直喘气时，一个高挑的身影在不远处冲她挥手，她眼睛一亮："青窈！"

卞青窈跑了过来，杏眼里满是期盼："你看到他们了吗？"

"啊！我还想问你呢……"闻人唯沮丧不已，"跑了一圈都没看到，他们不会已经登机了吧？"

机场内巨大的液晶屏上，显示着时间已经过十点，此刻白兰度他们应该已经准备登机了。

两个人对视一眼，心中纷纷涌起了不好的预感。闻人唯是不甘心没有抓住白兰度，而卞青窈的感受却更加复杂。对于自己这两位儿时的伙伴，原本她以为只有憎恨，可到了真正分别的时候，内心却像打翻了五味瓶，过去回忆的美好、温暖，与此刻的惆怅、悲伤、懊恼混合在一起，说不清是什么滋味。

就在两个人不得不接受现实，准备放弃时，韩圣燮突然开口，将两个人飘远的思绪拽了回来："联系好了，我们先去 VIP（贵宾）候机室看看吧。"

"可是没有机票，我们怎么进候机室啊？"

"我认识这里的地勤，她可以带我们进去。"

三个人匆匆赶过去，白兰度和凌步翡正要往头等舱专用登机通道里走。白兰度一眼便看到他们，他翡翠般的眼睛在扫过卞青窈时，闪过一丝光彩，但仍然不改高傲的模样："怎么？我已经放弃了还不够，你们还特地赶过来奚落我一通吗？"

身体比意识快，等卞青窈反应过来时，她已经拦在了凌步翡的身前。

才几天不见，凌步翡整个人的气质都变了很多，如果说曾经的他像闪闪发光的五角星，现在的他就像被磨平棱角的玉石，变得内敛温和起来。

第十三章 暗中人

他僵了几秒,苦笑着说:"青窈,不要闹了。"

"你……你们还没有说清楚来学院的目的!我不能就这么放你走!"不愿意承认自己其实是舍不得他们离开,情急之中,卞青窈脱口而出道。

白兰度眸子里的神采熄灭了,他懒洋洋地说:"我不是说过了吗?本来以为有宝藏,所以就打算过来发笔横财。没想到白来一趟咯。"

韩圣燮神色严肃地道:"有件事,在弄清之前我也不能让你走,昨天晚上八点左右,你在哪里?"

"八点?"白兰度愣住了,不明白韩圣燮为什么突然问这个,"我还能在哪儿,在看电视啊。怎么了?"

他修长的眉毛困惑地挑起,看上去实在不像在说谎。

"等等!"闻人唯灵机一动,趁白兰度没有防备,一把拽起他的衣袖,"咦?"

她昨晚与蒙面男人纠缠时,不小心划伤了那个人。只要白兰度的手臂上……咦?白兰度的手臂白皙光洁,一点儿伤口都没有……真的不是他!

不是白兰度,又会是谁呢?

在一旁负责引导的工作人员带着礼貌得体的微笑提醒道:"白兰度先生,现在差不多可以登机了,还有二十分钟,飞机就要起飞了。"

"没问题了吧?没问题我就走了。"说着,白兰度就要转身离开。

卞青窈呆呆地站着,美丽的脸庞上露出从未有过的彷徨。眼前这两个人,虽然都令人万分痛恨,但在她心中,却像是自己的亲人一般难以割舍,正因为爱之深,所以才责之切。

见卞青窈如此难过,凌步翡迟疑了一下,下定了决心似的开口道:"青窈,其实你一直都误会白兰度了,当年孤儿院的事……"

"不要说!"白兰度猛然打断了他的话。

"你就别嘴硬了,有些事不说清楚,是会留下一生的遗憾的。"这次,凌步翡没再听白兰度的话,不顾白兰度的阻拦,自顾自地对卞青窈说了下去,"当年你看到的并不是全部事实。海默因希伯爵的确要挟白兰度做证,将孤儿院院长抓进了监狱。然而事实是院长不是你想的那样慈爱、完美,是我们所有孩子的父亲。他之所以对我们好,是因为我们是他的摇钱树。"

"怎么会?"卞青窈厉声反驳道,"老院长才不是这种人!"

"是真的。"凌步翡的脸上露出一丝悲伤,"这件事我和白兰度都知道,院长就

是个伪君子,他开设私人孤儿院获取了大笔慈善捐款。但他并不满足,还把我们三个打造成明星孩子,吸引更多的孩子被送到孤儿院来。可是你没发现吗?我们孤儿院每天都收留那么多孩子,为什么却从未扩大规模呢?"

"那,那是……很多孩子都身患绝症,没治好……"卞青窈语气犹豫了起来,这些都是院长曾经亲口告诉她的,可是随着年岁的增长,她也开始意识到这个说法站不住脚。

"这都是谎言,青窈。"凌步翡摇摇头,"这些孩子住进来以后没过多久就会消失,全是因为老院长背地里干着不可见人的勾当。他利用自己慈善家的名声,犯下了贩卖孩子的罪行!"

卞青窈感觉自己长久以来坚信的东西在凌步翡说出口的刹那崩塌了。老院长那慈祥和蔼的面容浮现在她的眼前,牵着她小小的手穿越孤儿院长长的走廊,那时天真的她真的觉得,她有家了。结果凌步翡现在竟然告诉她,她一直活在虚伪的假象里,这要她如何接受?

"你说谎!"卞青窈激动地冲上去揪住了凌步翡的衣领,眼泪如断了线的珠子,不断溢出她漂亮的杏眼,她贝齿死死咬着下嘴唇,好半天才哽咽地说,"我不相信……我不相信……"

凌步翡没有反抗,任由卞青窈抓着领子,他继续平静地说道:"我和白兰度无意中得知了这个秘密,只能拼命让自己变得更加优秀,这样院长才会看重我们,不会轻易把我们卖掉。"卞青窈的愤怒,就像保护自己的坚壳,看起来很强硬,其实一碰就碎了。凌步翡太了解卞青窈了,他知道她的心里已经开始相信了,"可是你那么天真善良,对老院长毫无保留地信任着。因此,为了保护你,我和白兰度发誓永远都不告诉你真相。"

"所以,"听到这里,闻人唯终于明白了,她震惊地说,"白兰度是为了孤儿院里其他的孩子不遭到毒手,才出面做证,让院长去坐牢?"

第十三章 暗中人

5

"抱歉，小唯，我欺骗了你。"凌步翡看向了闻人唯，"之前你问我关于孤儿院的事，我并没有说实话。"

"你发过誓嘛，也不能怪你……"闻人唯并没有介意。

凌步翡的目光中盈着暖意，在闻人唯身上流连了一会儿，直到韩圣燮威胁地挑起眉毛，这才转向卞青窈。

"青窈，这才是事实的真相。在你看来，白兰度背叛了孤儿院，而事实上，是他惩罚了院长的恶行，从地狱中拯救了更多的孩子。而当年的我并没有这样的勇气，"凌步翡温柔地注视着卞青窈，"当年海默因希伯爵就是欣赏白兰度的勇气和头脑，收养了他……他一直恪守着誓言，没有告诉你真相，就是为了不让你心中的美好童年受到玷污。青窈，你真的不应该再误会下去了。"

卞青窈的脸一阵青一阵白，浑身开始无法抑制地颤抖，她松开凌步翡，低下了头，乌黑的马尾从脸颊两侧垂下来，挡住了她的脸，看不清楚她的表情。一旁的白兰度苍白着脸，想要张口，却发现所有的语言都太过贫瘠，他没有办法安慰她。

闻人唯心痛极了，跟着难过起来，她张开手臂抱住卞青窈："青窈……"

"为什么……"卞青窈从喉咙里发出一声呜咽，"既然骗了我这么多年，为什么现在告诉我？如果我一直都在做梦，就让我一直做下去好了啊！为什么要打破我的幻想？"

接受现实太痛了，她多希望这一切都是假的啊！

"因为不想让你把那个坏人当恩人！"凌步翡知道一时间要卞青窈接受现实很难，然而他必须要说醒她，做这个"坏人"，因为一直以来白兰度承受了太多的误解和委屈，"你看看清楚，真正对你好的是谁？你以为当初孤儿院解散后，那些孩子怎么会那么快找到新的收留处？全是白兰度拜托海默因希伯爵做的。作为代价，他不得不答应老伯爵，成年以前不得踏上这片土地！"

"我又没拜托他这么做！"卞青窈倔强地瞪着他们，口不择言起来，话一脱口，她立马就后悔了。

白兰度整个人像受到了巨大的打击，身体摇晃了一下。

凌步翡生气了，站在她面前，一字一句，冷冷地说："为什么？因为他喜欢你。这么多年来，白兰度一直偷偷向我打听你的消息。虽然在你心中，他早已退出了你的

人生，可是你的照片，却贴满了他房间的整面墙壁！"

一瞬间，所有人都被震住了，卞青窈更是目瞪口呆，一副无法置信的表情。

白兰度暗恋卞青窈？

闻人唯的目光瞥向白兰度，他白皙的面容此刻涨得像个红番茄……居然是真的！

"你小子！"白兰度恼羞成怒，对着凌步翡的脸挥去一拳，"都让你别说了！"凌步翡的嘴角顿时就肿了起来。

"你怎么不躲？"白兰度怔住了。

"这一拳，算是我欠你的。"凌步翡苦笑着说，"反正我也没脸待在学校了，不过你和我不同，你只是……受到了蒙蔽，完全可以留在青窈身边。"

卞青窈和白兰度齐齐呆了一瞬，又面面相觑地看了一眼。卞青窈的脸也开始变得通红，她别扭地道："我……我才不稀罕他留不留呢……"

说到后面，她的声音越来越小，而白兰度的眼睛也越来越亮，看着卞青窈那柔美的脸上露出的腼腆羞涩，他忽然把自己的登机牌撕得粉碎，潇洒地说："行，那我不走了。"

凌步翡露出欣慰的神情，当他的目光移到韩圣燮和闻人唯身上时，又黯淡了下来。

看着凌步翡黯然神伤的样子，闻人唯的心里沉甸甸的，脑海里浮现出从前和他一起分享午餐、在林荫小道上散步的情景，她咬了咬嘴唇："凌步翡，其实……你也可以留下……"说着，她扭头期盼地去看韩圣燮。

韩圣燮黑亮的眼睛里闪烁着宽容的光："步翡，只要你想留下，风纪部的大门依旧向你敞开。"

凌步翡动容地看着他，半晌没有说话，两个人对视了一会儿，他终于还是下定了决心："不，我还是得走。"

"为什么啊？"闻人唯急了，"解开了误会，大家还是朋友啊！"

"你不明白，我不能辜负恩人的期望……"凌步翡摇了摇头，"而且，我不想和你只是朋友。"

这时，工作人员再次提醒："两位乘客，VIP登机口即将关闭，请尽快登机。"

"走了。"凌步翡把自己的证件交给工作人员。

闻人唯还想再说些什么，可所有的话却都哽在了喉咙里，涩涩地开不了口。她目送着他孑然一身，朝那狭窄的通道走去，一双温柔的手抚上了她的脸颊，她才发现自己不知道什么时候流下了眼泪。

第十三章
暗中人

韩圣燮轻轻说:"每个人都有自己选择的路,步翡很勇敢,你不要伤心。"

"嗯。"闻人唯带着浓重的鼻音,点了点头。

身影快要消失不见时,凌步翡忽然回过头,对闻人唯大声说:"你知道吗?如果能早点儿遇到你,我一定不会放弃!"

"别想了,我不会答应的。"韩圣燮冷冷地说。

凌步翡一愣,重新露出了爽朗的笑容,头也不回地走出了他们的视野。

碧蓝的天空,灿烂的阳光,盛放的鲜花,女生们身上五彩缤纷的可爱裙子,夏天所有的颜色都要比其他的季节更加浓烈。也许只有这样浓烈的色彩,才能让离别的人心中浓浓的悲伤显得不那么惨淡。

飞机发出巨大的轰鸣声,像银色的鸟儿一样离开了地面,在天空中划出一道美丽的弧线。坐在飞机里的少年靠着舷窗,看着地面上的人们变得越来越小,不由得在心底默默祝福。

"你们看看这个游泳池,是不是很棒?这个游轮上还有少女百货商场,专门卖漂亮玩偶和裙子,很酷吧?"

"真的?好棒啊!"

"我倒是对这个健身房感兴趣,听说里面还有专业的剑道老师……"

风纪部办公室里,等待着韩圣燮结束工作一起去吃饭的空当,闻人唯、艾蜜橘和卞青窈聚在一起,讨论着宝星市即将开通航线的黄金公主号游轮。三个人正聊得热火朝天时,一个带着笑意的清朗男声加入了进来。

"你们要去游轮玩啊?带我一个呗。"

听到这个声音,艾蜜橘就促狭地看向了卞青窈。卞青窈的脸一下子红了,目不斜视地盯着手机屏幕,对白兰度的出现视若无睹。闻人唯大大地翻了个白眼,转了个身,看着不知道什么时候溜进来,偷听她们聊天的白兰度。

"喂!你这个人要不要这么厚脸皮!"她不满地说,"这是我们女生之间的谈话,你懂不懂?你是女生吗?"

"我?"白兰度不以为然,"我是'少女之友'啊,怎么不能听了?"

"不行我要吐了,少女之友……"闻人唯做了个呕吐的表情。

自从当着卞青窈的面被揭穿心意后,白兰度就留在了宝星市,天天没事就往风纪部跑。起初闻人唯还觉得他苦恋卞青窈这么多年,有意无意地帮他接近卞青窈。可后来白兰度发现了闻人唯的心软,完全丢掉了绅士风度,像一块牛皮糖似的黏着她,让她后悔不已。

"对了。"韩圣燮从一堆文件中抬起头,"白兰度,有件事我想问问你,你来圣樱学院寻找宝藏,到底是怎么一回事?"

"还能是怎么回事?"白兰度耸耸肩,"我养父的遗愿就是找到圣樱学院的宝藏,我一直觉得那就是个坊间传说。直到有一天,我收到了步翡的邮件,他说他知道了一个大秘密……"

"等等!"闻人唯奇怪地说,"你不是资助他上学的恩人吗?这些事不是你嘱咐他做的?"

"资助他上学?"白兰度比她更奇怪,"我去年才联系上他的。海默因希伯爵是圣樱伯爵的后裔这件事,以及圣樱学院的秘密,都是他告诉我的……"

凌步翡怎么会知道这么多?

大家心中一阵惊诧,但谁都没打断白兰度,认真地听他讲话。

尾　声

"他知道我想要完成海默因希伯爵的遗愿，想要帮我的忙。那些文件和证据，都是他准备好给我的。"

艾蜜橘的脸色一下子变得惨白："怎么这样？难道说，我哥哥的事也是你编出来骗我的？"

"没有，我骗你这个干吗？我和艾晴渊的确是好朋友，他突然失踪我是真的很担心。这次来圣樱学院，有一部分原因也是看看能不能找到他。"

听他这么说，艾蜜橘的心里才稍稍松了口气："哥哥失踪好几年了。他以前那么疼我，不知道现在见到我，还能不能认出来呢？"她的声音软绵绵的，带着难以掩饰的失落。

闻人唯和卞青窈一左一右，轻轻拍着艾蜜橘的肩膀表示安慰，就连白兰度也收起了吊儿郎当的态度，轻声说："艾晴渊他那么聪明优秀，不管他遇到了什么难题，一定很快就会回来看你的。"

艾蜜橘"嗯"了一声，闻人唯同情地摸摸她的头，脑海中默默回想着"艾晴渊"这个名字。从艾蜜橘口中，她已经听过很多关于他的故事——天赋异禀的天才少年，智商高达200，惊才绝艳，非常重视家人，是个温柔体贴的人。

在闻人唯心中，艾晴渊也算是一个从未谋面的朋友了，她衷心祈祷着，艾晴渊能快点儿回到圣樱学院，回到妹妹身边。

韩圣燮从办公桌边站了起来，他看着窗外灿烂的阳光，开始踱起了步子："这么说，那封复仇邮件并不是你发来扰乱学院的？"

"当然！"白兰度叫起冤来，"我起初真的就是单纯来寻宝藏的。我跟圣樱学院又没仇，为什么要写复仇邮件啊？"

闻人唯脑子又乱了起来，如果白兰度不是神秘人"E"，神秘人"E"到底是谁？他还会出现吗？

生怕大家不肯相信他，白兰度又连忙说道："不信你们打电话问步翡。"

"没用了，"韩圣燮摇摇头，"凌步翡失踪了。"

"什么？"这下子，风纪部里所有人都异口同声地叫了出来。

"我给卡罗伊斯学院打去电话，他们说并没有一个叫凌步翡的学生前去报到。而且他的手机从登机后就一直处于关机状态。"

"怎么会这样？"卞青窈焦急地说，"步翡不会有事吧？"

"那倒不至于。"韩圣燮神色凝重，"不过现在凌步翡可能是唯一知道事件真相的人，

我怀疑他是受人指使，故意躲起来不让我们找到。"

"怎么这么诡异？"艾蜜橘浑身发寒地摸着胳膊，"我鸡皮疙瘩都起来了。"

闻人唯忽然想到了什么，猛地站起身来，说出来的瞬间她自己都觉得很荒诞："你们说，凌步翡的恩人，不会就是神秘人'E'吧？"

韩圣燮抿紧了薄薄的嘴唇，绷着一张清冷俊美的面容："未必不可能，不过现在凌步翡失踪，线索又完全断了。"

曾经近在咫尺的答案，就这么从眼前溜走，闻人唯又悔又气，说不清心里是什么滋味。如果说复活节时，那个暗地里的人还只是一个模模糊糊的轮廓，那么这一次，他明明已经在自己面前出现过，却又像泥鳅一般滑走了。

一时间，风纪部的气氛就这么凝固了下来。

"汪汪汪。"

忽然，艾蜜橘口袋里发出可爱的小狗叫声，她尴尬地一面掏出手机，一面道歉："不好意思，是我设立的复古社公共邮箱自动接收邮件的铃声……"

可是，当她点开邮件，却不禁"啊"地大叫了一声："小……小唯……你快来看……"

艾蜜橘颤抖地拿着手机，话都说不清楚了。闻人唯疑惑地凑过去，那圆圆的杏眼一下子瞪得老大："这是……"

可爱的粉色小鸭卡通屏幕上，一封来自"E"的邮件，赫然闪着耀眼的光，那挑衅般炫目的标题，刺痛了每一个人的眼睛。

致：可爱的复古社社长——闻人唯小姐。

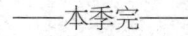